超人
大戰機甲劫匪

關景峰 著　曾瑞蘭 繪

N
桃子大街
82街
長河
72街
71街
郊區
長河公園
方塊大橋
芒果街
葡萄街
鳳梨街
番茄街
長方區
三角大橋
鴨梨街
三角區
櫻桃街
桔子街
海洋公園
藍莓路
西瓜路

郊區
桃子水庫
半圓區
方塊電視臺
森林
直線大河
橢圓公園
方塊區
N大道
H大道
橢圓市立第三小學
D大街
C大街
阿博家
大海
圓圈島

業餘超人 大戰機甲劫匪

人物介紹

牛頓

流浪街頭時被阿博收留，是隻穩重可靠的諾福克梗犬，更是阿博倚重的好幫手。

業餘超人

在橢圓市打擊犯罪的超人，表現有點業餘，但他的熱心與正義感很受市民肯定。真實身分不詳。

阿博

天才小學生，專長是電子學，喜歡發明。夢想成為偉大的詩人，非常積極的向每一家出版社投稿。

莎士比亞

阿博養的鸚鵡，總是很聒噪，喜歡惡作劇，最愛看電視節目《一群小笨蛋》。

霹靂太太

阿博的媽媽，常常碎碎念，又老是被兩隻寵物作弄，但從不干涉兒子進行各種奇怪的發明。

阿　達

阿博的同班同學，立志要查出業餘超人的真實身分。

乎乎警長

橢圓市的警長，率領強悍的團隊保護市民，業餘超人的幫忙有時讓他哭笑不得。

加　菲

阿達養的狗，長得很像主人。

蹺課

「……啊，《怪獸電力公司》，真的很好看，《怪獸電力公司》，真的很好看，啊……」一個十一、二歲的藍髮小男孩站在窗前，大聲的朗誦著。

小男孩的身邊，一隻諾福克梗犬和一隻鸚鵡各持一個搖控器，對著電腦螢幕玩賽車遊戲。

「哎、哎、哎……」諾福克梗犬一陣手忙腳亂，「你這傢伙……」

「我贏啦！」鸚鵡高興的叫了起來，「我超過你了，我第一名！」

「你耍賴！你撞我的賽車！」梗犬叫了起來。

「你擱我的路，當然撞你！」鸚鵡毫不示弱的說：「反正我贏了！」

「莎士比亞，不讀書的傢伙！」梗犬說著去抓叫莎士比亞的鸚鵡，莎士比亞迅速飛起，「就是這樣不講理，就是這樣和我不一樣！」

「好了，好了。」小

男孩走過去制止牠們，「牛頓，莎士比亞，你們昨天還沒吵夠啊？」

「嗨！阿博。」叫牛頓的梗犬停了下來，牠看看小男孩，「你還不去上學？要遲到了。」

「幾步路就走到了，不會遲到。」叫阿博的小男孩說：「你們聽到我新寫的詩了嗎？是我昨晚看電影《怪獸電力公司》後有感而發寫的，花了我不少時間呢！」

「聽到了，捂著耳朵也能聽到！」莎士比亞揮揮翅膀，「喂！你為什麼還不去上學？」

「等一下啦！你們覺得我在校慶那一天朗誦這首詩，怎麼樣？」阿博有些興奮的問：「我覺得最近大家開始接納我了，儘管他們對詩歌的理解還是那麼膚淺。你們知道嗎？校慶當天我們班有齣舞臺劇要演出，我獲得了一個扮演雕像的角色，雖然沒有半句臺詞，但去年我可是什麼角色都沒有啊……哇！我要去上課了，記得下週一起來看，我問過娜娜老師，她說可以帶寵物去的……」

「本來很想去，但如果你要朗誦詩歌，我就不去了。」牛頓說。

「我不去，我只想要看《一群小笨蛋》。」莎士比亞搖著頭說：「小笨蛋們要綁架作惡多端的查理……」

「你的名字都叫莎士比亞了，怎麼會不喜歡詩歌呢？我最喜歡他的十四行詩……」阿博晃著腦袋打斷了牠。《一群小笨蛋》是一部非常受歡迎的搞笑連續劇，莎士比亞最愛看這個節目。

「那是你給我取的名字，你喜歡他，我不喜歡……」

「好了好了，不管你們去不去，我回來的時候不許再把足球放在門上砸我。」阿博邊說邊收拾書包。

「不會，我們會放上一顆籃球。」牛頓笑嘻嘻的說。

阿博飛快的跑下樓，他的媽媽正在打掃走廊。

「我去上學啦！」阿博邊說邊打開大門。

「阿博，你剛才又在念詩了？」阿博的媽媽沒好氣的說：「翻來覆去就那麼兩句，有什麼好念的，下次小點聲，吵得我都要心臟病發了。」

「創作中，我在創作中容易激動，詩人都這樣的，這你知道。」阿博把手一攤，「有我這樣一個偉大的詩人兒子，你應該高興啊，我的詩早晚會在《橢圓時報》上發表的。」

「但願啦！對了，不要讓牛頓在樓梯上亂吃零食，掃起來真費力——還有，不要蹺課——」媽媽的聲音從身後傳來，她總是嘮嘮叨叨，還有些胖。

阿博家住在橢圓市方塊區最南端的C大街59號。他就讀的學校——橢圓市立第三小學就在一條街外。阿博今年五年級，他來這個學校才一年多。整體來說，貌不驚人、身材瘦高的他不那麼引人注意，他也喜歡最新的漫畫、看最近的棒球賽，但他更喜歡和同學們討論詩歌，這可是所有同學都不喜歡的，好多同學都覺得他有點兒古怪。

阿博才剛出門，他最不想見到的人，他的鄰居同時也是同學——阿達剛好也走出家門。

「嗨！大詩人。」阿達見到阿博，連忙上前，他狡猾的笑了笑，「別以為我不知道，你的狗會說話！怎麼樣？讓我帶牠去表演，包你發大財。」

「休想。」阿博一臉不高興，「牛頓不會說話，就像你家的加菲一樣。」

「別裝了！」阿達扭扭脖子，「你就是那個超人，這我也知道，我看到你從窗戶飛出去了……」

「哼！」阿博不再理他，快步向學校走去。

走進教室後，娜娜老師已經在黑板前掛地圖，阿博趕緊坐到自己的座位上，坐在阿博旁邊的阿達也坐好，他看看阿博，狡猾的擠擠眼，阿博沒有理他。

「今天我們繼續講地理大發現。」娜娜老師開始上課了，她指了指第一排的一個小女孩，「美美，你來指指看，美洲大陸在什麼地方？」

美美有些不情願的站了起來，她走到講臺上，對著巨大的世界地圖發愁，最後，她終於伸手一指。

「在……這裡……」

「噢，美美，那是澳大利亞。」娜娜老師一臉無奈，同學們都笑了起來。

「那……是這裡。」美美又指另一個地方。

「噢，那是馬達加斯加。」娜娜老師說著扶住額頭，全班同學又是一陣大笑。娜娜老師放下手，看著美美，「那麼……你說說，是誰發現了美洲大陸，我昨天教過的。」

「嗯……嗯……」美美想了想，「反正不是我……」

「哈——」教室裡又爆出一陣笑聲，跟著大家一起笑的阿

博忽然感到一陣微微的震動，那是他的手錶發出來的震動，阿博立即緊張起來，他突然起身。

「噢，阿博，看來你知道是誰發現了美洲大陸。」娜娜老師問。

「不是。啊，是，我知道。」阿博連忙說：「但是，我現在……不太舒服，我去休息一下……」

說完，阿博急匆匆的向外跑去。

「為什麼！為什麼你總是在我的課跑出去——」阿博的身後傳來娜娜老師的聲音，「阿達，你幹什麼？給我坐下，你也想蹺課嗎——」

跨過一條街，阿博急匆匆的來到自己家的房子後方，他熟練的沿著水管爬上二樓自己的房間窗戶，牛頓打開了窗，阿博翻了進去。

「其實你今天不用翻窗進來，走大門就可以了。」牛頓一見面就說。

「為什麼？」

「麗麗太太現在暈倒了，莎士比亞剛才躲進放吸塵器的紙

箱裡，她收吸塵器的時候被嚇暈了……」牛頓說著指指戴著一副耳機聚精會神的莎士比亞，麗麗太太就是阿博的媽媽，「不過沒關係，她一會兒就會醒了，也不是第一次了。」

「你們……哎，先不說這個了……」阿博瞪大眼睛，抓抓腦袋，看看莎士比亞，「怎麼樣？」

「他出現了，在橢圓公園那邊。」莎士比亞說：「警用頻道一直開著，我可不是只顧著嚇你老媽，你交代的任務我記著呢！」

「快點幫我連上。」阿博說著抓起桌子上的一副耳機，隨後戴好。

莎士比亞把耳機接線插到一臺收音機大小的機器上，耳機裡立即傳來嘈雜的聲音，阿博皺起了眉頭。

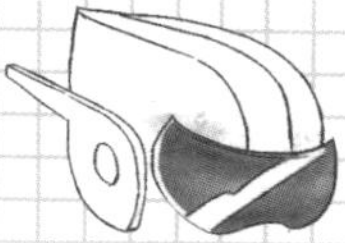

空中停車

「嗯……是他！機甲劫匪，在橢圓公園附近，有槍聲還有炮聲。」阿博說：「敢在鬧區開炮的一定是他！我馬上去！」

阿博說著推開一扇門，裡頭全是各種電子設備，還有一個很大的工作檯。阿博打開衣櫥，從中拿出一件緊身戰衣穿上，再戴上一個頭盔，隨後從牆上拿起背包迅速背上，他走到窗邊推開窗戶。

「阿博，小心點。」牛頓把頭探出窗外說：「控制好噴射器——」

「放心吧！」阿博按下背帶上的一個按鈕，背包的底部隨即出現一個圓洞，一股白色氣體噴出，阿博飛上了天空。此時他使用了電子隱身術，隱去了外形，為的是不被人看到。他知道有一次起飛時沒有隱形，被阿達看見了。

沒錯，學生、詩人阿博的另一個身分是維護正義的超人。所有裝備都是他研製的，受他父親——遠洋輪船上的電子工程師影響，阿博從四歲起就開始電子學的研究。

從一開始學習，阿博就展現出超凡的能力，牛頓和莎士比亞之所以會說話，也是他在十歲那年為兩隻寵物成功安裝了電子發聲器。他起飛用的背包是動力背包，也可以說是利用電磁原理製造的噴射器。動力背包分成兩個部分，上半部分是降落傘，下半部分是噴射器，由於噴射器在運作時經常出現故障而「空中停車」，降落傘就顯得非常重要了。畢竟他年紀小，研發產品時間短，他的產品總有許多缺陷，跟真正的超人相比，他的表現有些業餘。

阿博在噴射器的推動下，轉眼就飛上五百公尺的天空，接著他先現身，然後調整方向，向橢圓公園全速前進。

機甲劫匪十天前在方塊區北部出現，搶了一家銀行後，衝破警方的圍堵，消失在方塊區北方半圓區遠郊的叢林。

機甲劫匪可是一個狠角色，他身穿一副看上去很重，但可靈活移動的鎧甲，高約兩公尺，模樣看起來像變形金剛。

機甲劫匪的攻擊武器是手臂上安裝的機關炮，他的兩隻鐵腳特別大，可以支撐高大的身軀平穩的站在地面上，快速行進時腳底還可以彈出一個滑輪推進器，像汽車一樣前進。由於是在市區，警方不敢動用重型武器，普通子彈打在他身上一點用都沒有。那天這傢伙用機關炮轟開了警車逃走。阿博一直在關注報紙上的社會新聞，留意這傢伙的去向。

空中的阿博邊飛邊向方塊區市中心張望，因為距離太遠，他沒有看到什麼。阿博打開背包上的通訊器，調到警用頻道，這個頻道此時忙成一團。

「……機甲劫匪在H大道，靠近72街，各單位全速前往攔截……」警用頻道裡傳來急促的指揮聲。

「嗯，H大道72街！」阿博知道了目標位置，火速前往。儘管戴著頭盔，他還是能感覺到頭盔外呼嘯的風。

不到半分鐘，阿博飛到了H大道上方，地面上槍聲隆隆，大批員警正在圍堵一個移動的鐵甲人，和報上的照片一樣，他無疑就是機甲劫匪了。這傢伙正在向橢圓公園方向前進，還不

停的開火，阻擋他的員警邊打邊往後撤退。

「各位觀眾，業餘超人隆重登場嘍——」阿博大喊一聲，從天而降。「業餘超人」是他的自稱，他目前的正式身分是個學生（當然，他更認為自己是個詩人），在深色頭盔掩護下，誰都看不見他的臉，利用電子成像技術，他也使自己的外形看

上去像個成年人。打擊犯罪是危險的工作，他可不想讓家人為自己擔心。

「業餘超人，攔住機甲劫匪！」一輛橫在公園入口前的警車後，有個胖胖的警官看到阿博，大聲喊著。

「乎乎警長，放心吧！」阿博喊道，他操縱推進器降落到地面。迎面攔住了機甲劫匪，阿博舉起右手指向機甲劫匪，他的手臂上綁著一個不大的電磁炮。

機甲劫匪看到自己被阻攔，冷笑了一聲，他的身體全被裝甲覆蓋，臉藏在頭盔裡，一點也看不見他的面容。

「啊！歹徒，投降吧，歹徒，投降吧，啊……」阿博一遇到激動的事就詩興大發，他時刻不忘自己是個詩人。

「啊你個大頭！」機甲劫匪的頭盔晃了晃，他一伸手，手臂上的機關炮飛出一發炮彈，「看我轟走你這囉嗦的笨蛋！」

阿博看到一道白光飛來，急忙一蹲，那道白光擦過他的頭飛到身後，打在一棵樹上，「轟——」的一聲，樹幹當場被炸成兩截。

「業餘超人，別跟他廢話，快攻擊他——」警車後方的乎乎警長和幾個員警一起喊道。

「各位觀眾，我的電磁炮要登場了！」阿博說著瞄準機甲劫匪，手臂上的電磁炮射出一枚紅色炮彈。他的炮口確實是指向機甲劫匪的，但炮彈飛出後就改變射程，筆直飛上了天空。

「轟——」的一聲，電磁炮在空中爆炸。

機甲劫匪本來還想閃躲，看到電磁炮射偏爆炸，哈哈大笑起來。

「我讓你笑不——」阿博隨即連發五炮，目標近在咫尺卻全部射偏，他一驚，沒想到自己這次的表現還是那麼業餘，隨後往後退了兩步，懊惱的盯著自己的電磁炮，「我前幾天調整過了啊……」

「真是業餘！」乎乎警長無奈的舉起了槍瞄準，「大家開火——」

「砰！砰！砰！」員警們的長短槍一起開火，射向機甲劫匪。

「噹！噹！噹！」子彈打在機甲劫匪身上，全部被彈開。

「還敢打我？」機甲劫匪一伸手，一枚炮彈射出後直直的飛向一輛警車。他伸手的時候警車後的員警就知道不妙，全部跑開。

「轟——」一聲巨響，警車被擊中起火。

退到路邊的阿博調整了一下電磁炮，覺得這次沒問題了，又快速跳到機甲劫匪前。

「再來，看我的——」阿博說完一伸手，電磁炮對準了機甲劫匪。

員警們看到阿博再次展開攻擊，全都停止射擊，期待的看著阿博。只見阿博手臂上的電磁炮又射出一枚紅色炮彈，機甲劫匪看他發炮連忙閃身，電磁炮彈飛行幾公尺後突然轉向飛上天空，隨後直直的墜落，砸向乎乎警長和他身邊的員警們，機甲劫匪看到這一幕，又大笑起來。

「哇，快閃！」乎乎警長大聲喊道，大家都拚命閃躲。

「轟——」的一聲，電磁炮彈落地後爆炸，還好員警們躲得快，沒有被炸傷。

「怎麼會這樣？」阿博抬著手臂，懊惱的看著自己的電磁炮。

「這業餘的真是靠不住。」乎乎警長氣得差點暈倒，「大家開火——」

眾員警再次開火，但是他們根本阻擋不住機甲劫匪，機甲劫匪連發兩炮，轟開了攔路的警車，他腳底的滑輪推進器不斷加速，衝破了警方的防線，進入橢圓公園。員警們追在他身後連續射擊，但無濟於事。

「嘿——」阿博急了，他操縱飛行器起飛，直直撞向機甲劫匪。

「哐！」的一聲，阿博撞上機甲劫匪的後背，那傢伙被撞

翻倒地，不過又一個翻身站立起來。

阿博看到他起身，飛踢一腳過去，機甲劫匪一閃，阿博踢空。機甲劫匪揮動裝甲臂膀，一拳打在阿博的背上，阿博哀叫一聲被打倒在地。

機甲劫匪一揮手，手臂對準了幾公尺外的阿博，由於害怕爆炸傷到自己，機甲劫匪射出的是一串子彈。子彈全部打在阿博的身上，阿博的戰衣有很好的防彈功能，子彈打不透，但彈頭打上去仍然非常痛。

阿博連中五彈，每被打中一彈他就怪叫一聲。機甲劫匪沒心思和他糾纏，又向他射出一串子彈，隨後向橢圓公園的西側衝去，他雙腳的滑輪推進器載著他飛速前進。

公園的中心，警方用三輛警車構築了一道新的封鎖線，警車後、樹木旁全都伸出了長短不一的槍枝，在一塊大石頭後，一支火箭筒瞄準了機甲劫匪，由於遊客早已跑光，警方決定使用重型武器。

「嗒嗒嗒嗒——」天空中，兩架武裝直升機的聲音傳來，警方對橢圓公園裡的機甲劫匪形成了立體包圍。

機甲劫匪沿著公園中的小路前進，不時有槍彈飛來，他根本不在乎這些。不一會兒，他就看到橫在路上的警車，機甲劫匪不屑的冷笑，舉起手臂，他要發射炮彈了。

「嗖——」的一聲，還沒等他發射出炮彈，巨石後的警方槍手就開火了。一枚火箭彈飛向機甲劫匪，就在火箭彈即將命中機甲劫匪的時候，裝甲裡突然伸出一根支架，支架頂部有塊鋼板，鋼板正面攔截在火箭彈前，火箭彈命中鋼板發出轟然雷動的一聲巨響，爆炸產生的衝擊波將機甲劫匪推了出去。

「好——」警車後的員警們歡呼起來，機甲劫匪終於被擊倒了。

但翻倒在地的機甲劫匪慢慢的站起來，毫髮無損。他的鎧甲能抵抗火箭彈這種重武器的攻擊，員警們大吃一驚。機甲劫匪手一揮，一枚炮彈向火箭彈射來的地方飛去，警方槍手火速趴在地上，只聽「轟——」的一聲，巨石被炮彈擊中，削去了一大塊。

「砰砰砰砰——」密集的子彈射向機甲劫匪，警方開始瘋狂射擊，兩架直升機也俯衝下來，上面的槍手連續開火。

機甲劫匪身上頓時火星四射，這些攻擊對他來說依然沒有什麼效用，他抬起手臂對準攔路的警車，警車後的員警看他抬手立即四散躲避，這傢伙轟開了警車，衝過這道封鎖線。

被機甲劫匪打了多槍的阿博，手扶著一棵樹，掙扎的想爬起，終於奮力的站起來時，機甲劫匪早就跑遠了。阿博定了定神，向槍聲傳來的地方看一看。

「來吧！」阿博舉起一隻手，另一隻手按下起飛按鈕。

「嗖——」的一聲，阿博騰空而起，一下就升高到兩百公尺的空中，看見地面上的機甲劫匪穿梭在公園裡，已經快衝到公園的西門了。

「我來了——」阿博高喊一聲，向公園西側俯衝。

機甲劫匪轟開警方設立在公園西門的最後一道防線，衝到了橢圓公園西側的大街上。阿博快速俯衝下去，從機甲劫匪的身後抱住了這傢伙的脖頸。機甲劫匪伸手抓住阿博的手臂，用

力一拉，機械手臂的力氣好大，不但拉開了阿博，還把阿博掄了起來。

「可惡！」機甲劫匪像在甩套繩那樣，把阿博甩了三圈，最後用力一拋，阿博隨即飛了出去，他撞上一個紅綠燈後掉到地上，摔得不輕。

機甲劫匪衝進東西向的71街，他一直往西邊衝去，街道旁的小巷裡不時有員警向這個傢伙射擊，但阻止不了他。

71街的西端就是直線大河，這條河從北向南筆直從橢圓市西側流過。機甲劫匪往河面衝了過去，看來他想要跳進河中。這時，兩架直升機飛過來懸停在河面上方十公尺處，向衝過來的機甲劫匪猛烈開火。

機甲劫匪渾身被打得「噹噹噹」亂響，他惱羞成怒，手臂上的機關炮對準了直升機，兩架直升機迅速閃避，一枚炮彈從中間飛了過去。就在這時，機甲劫匪的腳邊發生爆炸，只見高空中阿博正向他開火。機甲劫匪手臂舉起，向阿博回射一發炮彈。

阿博閃身躲開攻擊，忽然，他耳邊傳來「滴」一聲，這是噴射器將要「空中停車」的警報聲。阿博懊惱的咬咬牙，知道這個關鍵時刻噴射器又故障了，失去動力的阿博慌忙拉傘繩，降落傘隨即打開，他緩緩的落向地面。

現在機甲劫匪沒有任何阻礙了，他衝到河邊，縱身一躍跳進直線大河，不見蹤影。追在他身後的員警衝到岸邊，與天空中的直升機一起對著他入水的地方一陣掃射，射擊持續了將近半分鐘。

一行大腳印

不遠處的幾座大樓上，十幾家電視臺的攝影機對著河岸，遠處還有幾架電視臺的直升機做現場直播。

又過了幾秒鐘，背著降落傘的阿博似乎沒有掌握好方向，落進了水裡，一艘快艇很快就趕過去，艇上的一個人把阿博拉上船。

「謝謝！」阿博癱在船艙裡，看著那個人，尷尬的笑笑，「今天我不怎麼成功，是嗎？」

「還好啦，業餘超人先生，現在的匪徒的確比以往厲害得多。」那個人說：「你的正義感是最重要的，再說你也為我們解決過很多壞傢伙。」

「謝謝你的支持。」阿博指了指岸邊，那裡已經聚集很多記者，「我們換個碼頭上岸吧，我不喜歡記者。」

「噢，我明白，不讓人知道你的名字，也不讓人看見你的樣子。」那人笑著說：「你是一個低調的超人，橢圓市民都知道。」

「謝謝你。」阿博點著頭說。

小艇向南行駛了一千多公尺，在一個無人小碼頭靠岸。阿博告別了那個人，垂頭喪氣的上岸後，把背包拿在手上查看起來，他調試了幾下噴射器，發現噴射器功能恢復了。

「嗯，一如既往，事情結束後，你也能使用了。」阿博對噴射器說，像是在和人類說話。

他把背包背上，按下噴射器按鈕，隨即飛上天。不一會，阿博就到達了C大街上空，他先隱去身形，再向自家那敞開的窗戶飛去，轉瞬間他就站在房間裡了，然後現身。他看到牛頓正瞪著大眼睛看著自己。

「嗨！我都看見了，十幾家電視臺直播，你降落的姿勢很好看。」牛頓眉飛色舞的說：「不過著陸不準確，掉進水裡，扣十分。當然，如果你是故意落進水裡就不扣分了。」

「噴射器還是老樣子，總是故障。」阿博無奈的說。

「不要著急，慢慢來，總會好的。」牛頓比畫著，「當年我流浪的時候都這樣對自己說，你看，現在不是很好嗎？」

「降落定位器總是偏向。」阿博開始卸下背包，「我覺得是傳輸信號有問題……」

「那換個傳輸頻道。」牛頓說：「一個一個試看看……」

阿博點點頭，他放下背包，脫下戰衣。他這件防彈戰衣不僅能防彈，還不沾水，阿博拿著戰衣走到衣櫥前，忽然眨眨眼睛，敲敲衣櫥的門。

「莎士比亞出來，我知道你在裡面，這一點也不好玩。」

「噢，真是沒有意思。」莎士比亞說著推開衣櫥的門，飛了出來，牠最熱衷的事之一就是躲起來嚇人一跳，「為了躲在這裡，我都沒看《一群小笨蛋》，小笨蛋們開始策畫抓壞蛋查理了……」

阿博把戰衣掛了起來，莎士比亞則跳到桌子上，揮了揮翅膀。

「電視上說了，機甲劫匪今天搶了H大道上的一家珠寶店價值一千萬元的珠寶，上次他在95街搶了一家銀行，不過只搶到幾萬元現金。」

「因為第一次收穫少，所以這次又出來打劫。」牛頓分析道：「我想這下他可以收手了，一千萬元呀……」

「誰知道多少錢對他來說才算夠。」阿博說著走到一個箱子旁，他打開箱子，在裡面找東西。

「噢，阿博，看來是要帶我去找那傢伙吧？」牛頓看見阿博開箱子便說。

「不找到這傢伙，我會吃不下飯的。」阿博從箱子裡拿出一個圓球狀的東西，先是拿在手裡晃了晃，隨後又指指腳邊的動力背包，「既然我能搞出這些設備，那麼打擊犯罪就是我的責任。」

「可是上次那傢伙搶銀行後你怎麼不去追蹤？」牛頓晃著腦袋說。

「上次那傢伙逃走後新聞才報導，我又沒有和他碰面。」阿博說著把圓球狀的東西套在牛頓的鼻子上，「這次就不一樣了，我怕他逃跑，交戰時開啟錄味器錄下了他的味道，你再戴上這個電子鼻，我們就能找到那傢伙的老窩。」

說完，阿博從背包裡掏出一個小盒子，這個小盒子就是錄味器。牛頓鼻子上的是電子鼻，它能使狗原本就相當靈敏的嗅覺變得更加靈敏。

「記住，這就是機甲劫匪的味道。」阿博把錄味器打開，放到牛頓鼻子下面，「確切來說應該是他那身鎧甲的味道。」

「好，我記下來了。」牛頓皺著眉頭聞了聞，隨後搖了搖尾巴，「一股機油味。」

「那我們走吧！」阿博揮揮手，「剛才這傢伙在71街西端跳進直線大河，我們就從那裡開始找。他穿那麼重的鎧甲，似乎不太可能游泳，要是在河底走，氣味就會留在淤泥裡……我想那些記者應該都走了，現在過去正好。」

「好，那就走吧！」牛頓說：「我看我也要變成業餘超狗了。」

「那我也要去嗎？」莎士比亞在一旁問，牠說話一直尖聲尖氣的。

「還用說，業餘超鳥。」牛頓看著莎士比亞，「走吧，喜歡看電視的傢伙。」

「好吧，就知道看書的傢伙。」莎士比亞看著牛頓，搖頭晃腦的說：「我也去，要是遇到那個傢伙，我一定找個好地方跳出來嚇死他。我來想想要藏在什麼地方……」

「你那些招數只能嚇麗麗太太。」牛頓說：「幼稚！」

牛頓和阿博從二樓翻窗爬下去，莎士比亞則是飛下去。隨後，牛頓和莎士比亞鑽進一個背包，阿博提起背包搭地鐵到71街，他這次沒有帶戰衣和動力背包，因為此行的目的是掌握機甲劫匪的行蹤。

阿博讓牛頓和莎士比亞從背包裡出來，他們還要走上幾百公尺才能到街的西端，牛頓戴著電子鼻走在前面，莎士比亞則站在阿博的肩膀上。牛頓其實對這電子鼻不太滿意，老是說只有小丑才戴這種圓鼻子，不過說歸說，牠可是阿博的好幫手。

牛頓是阿博在一個風雪交加的夜晚撿回家的，以前牠一直在街上流浪。阿博把牠撿回家後，立即給牠取名「牛頓」，牛頓可是阿博最佩服的大科學家。有趣的是，阿博撿回來的牛頓真是名副其實，牠到阿博家後迅速學會了認字，而且最喜歡看科學類書籍，為阿博的那些發明提供很多極有價值的建議。比起愛玩愛鬧的莎士比亞，牛頓穩重多了。

「喂，牛頓，你往哪裡走？」阿博大叫，因為牛頓正把大家帶往一家店裡去，「那是漢堡店……」

「噢，對不起，我忘了。」牛頓馬上轉身，「我鼻子裡都是漢堡的味道。」

「你鼻子裡什麼時候沒有漢堡的味道？」莎士比亞笑嘻嘻的說：「就像我的鼻子裡總是有洋芋片的味道。」

大家說著話，很快就走到了71街西邊的盡頭。他們來到河岸邊，這裡的記者早就走光了，岸邊只有他們幾個。

「開啟電子鼻。」阿博命令道：「搜索機甲劫匪的味道。」

牛頓站在岸邊，鼻子對著河水用力嗅著，電子鼻發出的電波射進了河水。阿博和莎士比亞都靜靜的看著牛頓，牛頓突然一動不動，像

是僵住了。

「我找到那股味道了。」過了十幾秒，牛頓有些興奮的說：「沒錯，就是機甲劫匪鎧甲的味道。」

「所以往哪個方向去？」阿博連忙問。

「南邊。」牛頓非常肯定的說：「他就是在河底行走的，那些味道都保留在淤泥裡。」

「那……」阿博眨眨眼，「我去租一條船，追蹤他的味道吧！你們跟我來。」

阿博說完，往不遠處的碼頭走去，直線大河兩岸有很多碼頭，他選擇一個碼頭租了一條休閒小遊艇，隨後帶著牛頓與莎士比亞登上小艇，沿著河岸向南駛去。

為了讓牛頓一路追尋機甲劫匪的味道，小艇的行駛速度不快不慢。

「哇，不會吧！再向南就是海洋了。」莎士比亞叫起來，前面是直線大河的出海口，「這傢伙難道藏身在大海裡嗎？」

「不太可能。」阿博搖搖頭，「他總要從鎧甲裡出來，不可能長期生活在水中，一定在什麼地方上岸了。」

「來無影去無蹤。」莎士比亞明顯信心不足，「主人，報紙上沒說他是怎麼出現的嗎？」

「有一些報導。」阿博想了想，「上次搶銀行時，有目擊者看見他從銀行邊的小巷子裡衝出來，當時已經身穿鎧甲了。後來警方在那個小巷子發現一輛被劫持的汽車，汽車是在三角區被劫的，司機說是一個蒙面人搶了他的車，警方推斷蒙面人就是機甲劫匪。所以他先在三角區劫了一輛車，載著那副鎧甲去方塊區，把車停在銀行邊的小巷子裡，再穿上鎧甲衝出來。他不可能一直穿著鎧甲在大街上走，否則還沒到銀行人家就看到他了。」

「那是肯定的。」莎士比亞比畫著，「要是他每天都穿著鎧甲滿街亂跑，人們就會循線找到他的家裡，對他說：『嗨！早上好，聽說今天你搶了一家銀行。』」

「哈哈。」阿博笑了起來。

「你們兩個真是夠煩的。」牛頓一副不耐煩的樣子，他趴在船舷旁，鼻子幾乎要貼到水面，「小聲一點，我正在工作，那該死的味道愈來愈淡了，我都要把頭埋進水裡了。」

「噢，對不起！」莎士比亞正色的說：「牛頓，你可不要掉到水裡去，那樣……」

「謝謝！」牛頓晃晃尾巴，「真難得，你居然也關心我，即使只有一次……」

「不，你誤會了。」莎士比亞拍拍翅膀，「我是說你掉進水裡的話，電子鼻會短路的，那可花了主人不少錢呢！這樣我的零食錢就會減少。」

「莎士比亞，你對我真是太好了。」牛頓翻了一個白眼。

小艇繼續向南，牛頓很認真的工作。忽然，牛頓站起來，指了指東邊激動的說：「我聞到了一股味道……」

「什麼味道？」莎士比亞漫不經心的問：「漢堡店的漢堡味？」

「我倒是真的聞到那邊有家漢堡店……」牛頓繼續指著東邊。

「牛頓，現在可不是

開玩笑的時候。」阿博打斷了牛頓的話。

「噢，都是莎士比亞搗亂。」牛頓朝莎士比亞揮揮拳頭，「機甲劫匪的味道向東邊去了，好像上岸了。」

「上岸了？」阿博立即興奮起來，「那邊是三角區，我就知道他會在某個地方上岸的。」

小艇連忙向東轉，牛頓又趴了下去。他們快速向三角區駛去，三角區在方塊區的東南邊，緊臨大海。阿博看見對面陸地有一大片樹林，不過岸邊一個人影也沒有，很荒涼的樣子。

阿博將小艇停在淺灘上，隨即跳下船，來到岸邊。牛頓也跳到岸上。

「看那裡——」莎士比亞飛得很高，牠指著二十多公尺外的地方叫了起來，「有腳印！」

　　阿博和牛頓連忙趕過去，他們看到一副很大的腳印從水中一直延伸上岸，大家都興奮起來，這應該就是機甲劫匪的腳印了。

　　牛頓把鼻子湊上去聞了聞。

　　「沒錯，就是他的味道，這傢伙在這裡上岸了。」

他們跟著那串腳印一直往內陸前進，來到距離岸邊不到一百公尺的樹林裡，腳印在一棵樹下消失了。牛頓用力的聞著周遭的味道，牠往樹林北邊走去，那裡有條小街道。

「芒果街。」阿博看著路牌，「我知道這裡，這裡是三角區北邊。」

眼前的芒果街是三角區北部一條不長的小街道，他們站的地方是芒果街西側的盡頭。這裡空無一人，遠遠望去，幾百公尺外的街口有一些車輛零星駛過。

牛頓沿著芒果街向東走去，走了一百多公尺，忽然直起身子，一臉嚴肅的東聞西嗅。接著，牠的臉上出現極為失望的表情。

「怎麼了？牛頓。」莎士比亞連忙問。

「沒有了……就到這裡，然後就沒有了。」牛頓搖著腦袋說：「我什麼都聞不到，這傢伙消失了。」

「一點也聞不到了嗎？」阿博焦急的問。

「半點也聞不到了。」牛頓說：「我猜他在這個地方上了車，這樣我就沒辦法了。」

「這……」阿博抓抓腦袋，他也沒有辦法了。

正在這時，不遠處有兩輛警車向這邊開過來。

「啊，莎士比亞，你看，警察來抓你了。」牛頓大叫。

「啊？」莎士比亞瞪著眼睛，「這個麗麗太太，早上我不就是從箱子裡跳出來嚇了她一下嗎？竟然把警察叫來，還找到這裡了。」

「牛頓。」阿博拍拍牛頓，牛頓經常這樣戲弄莎士比亞，而莎士比亞經常傻乎乎的相信牛頓的話。

兩輛警車停在他們面前十幾公尺的地方，車上下來幾個員警，還有一個穿著夾克的人。

「就是這裡，就是這裡！」穿夾克的人一下車就喊起來，他指著馬路說：「我就是在這裡被劫持的，他蒙著面，打暈了我，還搶走我的車。」

一個員警連忙對現場拍照，另一個員警走了過來。

「你在這裡遛狗嗎？」那個員警對阿博說：「怎麼沒去上學？」

「我……」阿博眨眨眼睛，「我早上不太舒服，不過現在好一些了。」

「嗯。」員警點點頭，「請問你剛才在這裡有看到什麼可疑的傢伙嗎？身高一百八十公分左右，他攻擊了一位駕駛，還搶走了人家的汽車。」

「這是什麼時候發生的事？」阿博問道。

「大約兩、三個小時以前。」員警說。

「不知道。」阿博說：「那時候我還沒來這裡。」

「噢。」員警說：「謝謝你的配合。」

那員警轉身走到穿夾克的男子身邊，他們又說了一些話，隨後上車走了。

「我明白了。」阿博若有所思的說。

「我……也明白了。」莎士比亞跟著說：「不過我不明白我明白了什麼。」

「機甲劫匪在這劫持一輛車，然後把那身鎧甲裝在車上，把車開走。」阿博分析道：「所以牛頓就聞不到味道了。」

「這正是我想說的。」莎士比亞跟著說。

「那他去了哪裡呢？」牛頓問。

「去了哪裡？」莎士比亞轉轉眼睛，「啊，主人，那他去了哪裡呢？」

「我怎麼知道？」阿博把手一攤，「要是我知道，我早就去抓他了。」

「唉！說了半天你就明白了這些呀。」牛頓苦笑起來，「結果還是不知道那傢伙在哪裡。」

「不不不不。」阿博連忙擺擺手，「雖然確實不曉得他在哪，不過範圍縮小了很多。這傢伙搶銀行時是在三角區劫持車輛，幾個小時前又在三角區登陸，他的老窩應該也在三角區。他不敢穿著鎧甲滿街走，也不可能扛著沉重的鎧甲走遠路，更不能讓人發現他有那身鎧甲，他只能劫車搭載那套鎧甲。我想他第一次劫車後裝載鎧甲的地方，距離剛才劫車的地方應該不會很遠，就在三角區！這次他上岸還是在三角區……」

「說了這麼多，你的意思是他就藏身在三角區。」牛頓打斷阿博的話。

「沒錯！」阿博眉毛一揚，「所以說範圍縮小了，他就藏在這裡。」

「那麼，確切來說是哪個地方？」莎士比亞晃著腦袋問。

「我……」阿博聳聳肩，「不知道。」

「還是不知道。」莎士比亞又晃晃腦袋，「搞了半天，和我一樣不知道……」

「嘿，莎士比亞，不要搗亂。」阿博用手指戳了戳莎士比亞。

「你這麼一說倒是有些道理。」牛頓一副深思的樣子，牠抬頭看看阿博，「上次他搶銀行前劫車，是在什麼地方？」

「新聞上說是在桔子街，靠近海洋公園。」

「芒果街在三角區北邊，桔子街在三角區南邊，範圍可夠大的了。」

「確實很大，但是比整個橢圓市要小很多。」

「也比整個地球還要小。」莎士比亞馬上插話。

「莎士比亞！」阿博瞪了一眼多嘴的鸚鵡。

「那我們怎麼辦？」牛頓問。

「挨家挨戶的敲門，這個主意怎麼樣？」莎士比亞又插嘴道。

「莎士比亞！」阿博和牛頓一起喊道。

「我只是提一個建議呀！」莎士比亞拍著翅膀飛到樹上，不再插話了。

「牛頓，我想又要派你出馬了，你是我的好幫手。」阿博微微一笑。

「又要幹什麼？」牛頓叫起來：「我先聲明，我屬於那種智慧型的動物，打鬥可不是我的強項，你認為我的爪子能抓破機甲劫匪的鎧甲嗎？」

「誰說要你和他打鬥了？」阿博沒好氣的說：「再說他在哪裡呢？找都找不到。」

「這倒是。」牛頓點點頭，「那你要我幹什麼？」

「你以前在這裡流浪過，這是你說的。」阿博說：「還說這裡所有的流浪狗你都認識，現在可以請牠們幫忙啊，請牠們幫忙找一找，這個區域最近誰突然變得非常有錢，也就是說變成暴發戶了。你想一想，一千萬元的珠寶啊！根據慣例，劫匪搶了錢之後一定會大筆大筆的花，一直都是這樣的……」

「那倒是，一千萬元，能買多少漢堡啊！」牛頓十分感慨的說。

「可以直接開速食店了，而且還是連鎖的。」阿博不屑的說：「牛頓，你的志向能不能遠大一些？」

「啊，沒錯。」牛頓笑了起來，「連鎖店，我要在方塊區開兩家，長方區開兩家，三角區開兩家，圓圈島上再開兩家怎麼樣……」

「你忘了半圓區，那裡也可以開兩家……」阿博跟著說，突然，他感到有什麼不對，「嘿，牛頓，怎麼說到連鎖店？」

「噢，不好意思。」牛頓搖尾巴，「我們在談正事呢！」

「還可以去鄰鎮也開兩家——」樹上，莎士比亞的聲音傳來，牠可是一直在聽下面的談話呢！

阿博和牛頓一起翻了白眼，誰都沒有理牠。

「牛頓，我剛才說到哪裡了？」阿博問。

「你說讓那些流浪狗幫忙，看誰變成暴發戶。」

「對。」阿博用力點點頭，「我這手段一定是最有效的，誰也不會防備街上的流浪狗，要是機甲劫匪家剛好養了一隻貓或是狗，正好又是大嘴巴，把主人變成暴發戶的事情說出來就更好了……」

「我覺得這個辦法很好。」牛頓說得很開心，「流浪狗要是出動一定能蒐集到有價值的線索，牠們的資訊網其實是最發達的。」

「那就拜託你們這些動物偵探了。」阿博揮揮手臂，「快點幫我搞定這件事，謝謝，謝謝，謝謝！」

「放心吧。」牛頓得意起來，「三角區流浪狗的老大叫老麥，我現在就去找牠。」

「那可太好了。」阿博興奮的說：「我在停靠小艇的岸邊等你。」

牛頓點點頭，馬上就跑遠了。阿博滿心歡喜的望著遠去的牛頓，忽然，莎士比亞降落到他的肩膀上。

「主人，我現在可以說話了吧？」

「我沒有不讓你說話，我是不要你亂插話。」阿博看著莎士比亞，「莎士比亞，看看牛頓，比你晚到我們家一年，幫著我做了多少事?你就會亂說話，要不就是從櫥櫃裡跳出來嚇我媽媽……」

「我也可以幫忙呀。」莎士比亞說：「三角區的麻雀呀、鴿子呀，我也很熟的，我去打個招呼，幫你找暴發戶。」

「哈，對呀！」阿博的眉毛上揚，「我怎麼把你給忘了，那你快去，我等著你……」

莎士比亞也飛走了。阿博心滿意足的往岸邊走去。他來到岸邊，找了一塊空地坐下，等著牛頓和莎士比亞回來。

美食換消息

阿博前方，是直線大河的出海口，奔流的河水從這裡注入大海。一艘巨輪從河面上緩緩駛過，非常壯觀。看著眼前的景象，阿博想起他那常年在海上遠洋的父親，忽然，他又想起了學校。他這樣的詩人，思維永遠如此跳躍。要是剛才順利抓到機甲劫匪，他還想去上學呢！

其實阿博很喜歡學校，他知道同學們也不是不喜歡自己，只是不喜歡自己的那些詩，因為他們不懂得欣賞。還有……阿博轉學到這所學校一星期後，他帶著自己研發，能發出弧形電光的機器到學校。同學本來都很興奮，剛開始的表演也相當成功，但是最後的結果是機器突然失控，在電流的作用下，包括娜娜老師在內，全班同學的頭髮都高高豎立起來，足足有一個星期，大家的頭髮才恢復正常。但可能因為體質不同，美美的頭髮過了半年才恢復過來。

「嗚——嗚——」又一艘巨輪鳴著汽笛從河面上駛過，阿博忽然詩興大發，他站了起來。

「啊！巨輪，緩緩的駛過。啊！巨輪，緩緩的駛過。啊！巨輪……」

阿博大聲朗誦著即興創作的詩歌，還沒有念完，只見河面有幾條魚跳起來，看了看阿博，隨即落荒而逃。

「……巨輪，緩緩的……」阿博看著那幾條魚，「……巨輪……」

阿博忽然覺得無趣，他的聲音愈來愈小。忽然間，他覺得腦袋邊有什麼動靜，轉頭一看，原來是莎士比亞降落在他的身邊。

「嘿，莎士比亞，你回來了。」

「是的。」莎士比亞點頭，「其實我回來一陣子了。」

「那你怎麼現在才過來……」

「我老遠聽到你念詩，就躲在樹上等你念完。」莎士比亞說：「我在家裡已經受夠了，難道到了外面還要忍受你的……詩歌。」

「拜託，我不收你的門票已經不錯了。」阿博生氣的說：「再說我的詩真有那麼差嗎？」

「太差了，翻來覆去就那麼幾句，你就沒有點新花樣？」

莎士比亞不客氣的說：「我都說過多少遍了，在這個問題上，大家的看法完全一樣。」

「誰說的？娜娜老師欣賞我，她說我有理想……」

「嘿，你們在吵什麼呢？」阿博的身後傳來牛頓的聲音。

「哇！你也回來了？」阿博很興奮，一時忘了莎士比亞對自己詩歌的評價，「你們都談好了？」

「好了。」莎士比亞搶著說：「三角區麻雀幫的大姐頭叫土匪……」

「什麼，叫什麼？」阿博打斷莎士比亞。

「土匪，我們都這樣叫牠，有問題嗎？」

「沒問題，很好聽的名字。」阿博對牛頓做個鬼臉，隨後看看莎士比亞，「你接著說……」

「我和牠說了幫忙找暴發戶的事，牠一口答應了，麻雀們能從每家的窗戶觀察，說不定可以直接找到在家裡清洗鎧甲的機甲劫匪呢！」

「那真是太好了。」阿博很滿意的說。

「不過有個條件。」莎士比亞比畫了一下翅膀，「十袋洋芋片，咖哩口味，沒得商量。」

「沒問題。」阿博馬上答應。

「我也找到老麥，牠也答應幫忙了。」牛頓說：「當然也有條件，二十個漢堡，十個辣味、十個原味，沒得商量。」

「沒問題呀！」

「當然沒問題。」牛頓說著向小艇走去，「你把幾個街區修剪草坪的業務都包攬了，你是個小富翁！」

「喂，」阿博喊道：「不過資訊要準確，你們倆以前提供給我的資訊，很多都沒什麼價值……」

「那你自己去找機甲劫匪吧。」牛頓頭也不回，「祝你好運。」

「挨家挨戶敲門問吧。」莎士比亞也飛了起來，「我的這個主意免費給你。」

「這兩個傢伙。」阿博站在原地，無可奈何的搖了搖頭，隨後也向小艇走去。

他們一起來到小艇旁，阿博把小艇用力推進水裡，大家都上了船，小艇往方塊區方向駛去。

歸還小艇後，他們搭乘地鐵回到C大街的家。阿博把背包放在後院。

「我還要去上課。」阿博說：「還沒放學呢！」

阿博來到學校，路上他想了好幾個理由，不過每一個理由都不大合適。

「看，詩人回來了。」看到阿博站在教室門口，美美大聲喊道。

「哈——」全班同學都笑了。

「嗨！阿博。」娜娜老師推了推眼鏡，「午安，你是趕著來參加放學的嗎？」

「啊，我……」阿博抓抓腦袋，「實在對不起，早上我有點不大舒服，我是說……我也不總是這樣，這學期我才跑出去過三次，我……」

「去坐好吧。」娜娜老師指著阿博的座位說：「看來我還

得和你媽媽談談，你跑掉後我打了電話去你家，沒人接……」

「噢，因為我媽媽暈倒了……」

「什麼？」娜娜老師吃驚的說：「她也身體不舒服？」

「好了，她好了。」阿博連忙說。

阿博回到自己的位子上，他感覺旁邊的阿達一直盯著自己。

「嗨！我知道你做什麼去了。」阿達把身子往阿博那邊探去，「我中午吃飯的時候看電視，機甲劫匪出現了，超人也出現了，我會找到證據，我會發財的。」

阿博沒有理他，不過非常明白他的意思，各個報社都在懸賞業餘超人的資訊，一張照片都能賣很多錢，阿達要是能證明阿博就是業餘超人，他就真的發財了。

又上了一節課，終於放學了，阿博急忙回到家，他想看看新聞有沒有機甲劫匪的消息。他一推開門就看見媽媽站在走廊上，牛頓和莎士比亞也在一樓。

「嗨！大家好，我回來了。」

「嗯，」媽媽遞給阿博一封信，「你的信。」

阿博接過信，看了寄信人的地址，他立即興奮起來。

「哇，橢圓出版社！他們要出版我的作品了！」

「不不不，這不可能。」牛頓搖著頭說。

媽媽和莎士比亞也跟牛頓一起搖頭，他們都一臉嚴肅的望著阿博。阿博用顫抖的雙手打開了信。

「尊敬的阿博先生，您寄來的詩歌集我們已經收到了。」阿博激動的念著：「求求您，不要再寄這樣的稿件給我們，如果您再寄這樣的稿件，我們公司就搬走，您永遠也不會得到我們的新地址……」

阿博沒有把信念完，他看看大家，然後尷尬的笑了笑。

「沒什麼吧？你應該都習慣了。」牛頓說：「我們也習慣了。」

「我會繼續努力的，我會再找一家出版社。」阿博認真的說：「我要創作一些新的作品，有感情的作品，我今天晚上就開始創作……」

「不要！」麗麗太太、牛頓、莎士比亞一起喊道。

「嗯？」阿博傻傻的看著他們。

「現在你已經寫得很好，不要再創作新作品，尤其是不要再高聲朗誦了。」牛頓解釋：「是這家出版社沒眼光，你可以再多試幾家。」

「嗯，有道理。」阿博拿著那封信，走上樓梯，「我先上去了。」

阿博上樓後，麗麗太太望著二樓，搖了搖頭。

「真是可憐的孩子，這是他今年第五十次被退稿了。」麗麗太太說著看看牛頓，「不過他的詩確實沒什麼進步，我不是不想鼓勵他的詩歌創作，而是我真不知道該怎麼鼓勵！」

「翻來覆去就那麼兩句，我都會了。」牛頓開始學阿博，「啊，麗麗太太，你真嘮叨，麗麗太太，你真嘮叨，啊，麗麗太太……」

「牛頓！」麗麗太太瞪著牛頓。

「噢，抱歉。」牛頓連忙搖搖尾巴。

「不管怎麼說，他應該暫時不會創作，我們不用忍受那些難聽的朗誦了。」莎士比亞揮揮翅膀，「不過，自從他經常朗誦詩歌後，這個房子再也沒有老鼠了。」

「這倒是。」麗麗太太點點頭，說完，她和牛頓、莎士比亞相互看了看。「真是奇怪，我居然和你們兩個搗蛋鬼也有意見一致的時候。」

「只有這一個話題。」牛頓不屑的說，隨後牠跑上二樓，「啊，麗麗太太，你真嘮叨，麗麗太太，你真嘮叨，啊……」

「牛頓——」麗麗太太叫著追了上去，「別以為我不敢進你們的房間……」

「來呀來呀。」莎士比亞飛了起來。

「你們這兩個搗蛋鬼！」麗麗太太揮著拳頭大聲喊著，不過

她沒有繼續追趕。

牛頓和莎士比亞知道麗麗太太不會輕易走進阿博的房間，不僅僅是因為莎士比亞老是跳出來嚇她，而是她被阿博做實驗的機器電了好幾次。麗麗太太知道自己的兒子很有天分，居然能給寵物裝上電子發聲器，不過，她始終不知道阿博就是業餘超人。

牛頓和莎士比亞一起進了房間，看到阿博站在窗戶前，正向外望著。

「真是煩人！」阿博憤憤的說。

牛頓和莎士比亞也把頭探出去，看到馬路斜對面一棟公寓的二樓，阿達和他的狗加菲正向這邊張望著，遠遠望去，阿達和加菲的長相一模一樣。加菲看到牛頓，還招了招手。

「是阿達和他的貪吃狗加菲。」牛頓說：「哼，總是往這邊看！」

「看見了嗎？他安裝了一架望遠鏡。」阿博說。

果然，阿達不時彎腰，用一架望遠鏡觀察這邊，並不停的調整。阿博不高興的關上窗，還拉上窗簾。

「先抓到機甲劫匪，然後就研製一臺干擾器，叫他什麼也看不到！」阿博說。

「這對你來說根本是小事一件。」牛頓說：「加菲也跟著湊熱鬧，下次遇見牠，我不揍牠一頓才怪。」

「牛頓，加菲知道你會說人類的話嗎？」阿博問。

「知道。不過放心，牠不可能告訴牠的主人，畢竟牠沒有電子發聲器。」

「要是牠學會寫字呢？」莎士比亞插話說。

「牠？哼！笨狗一隻，牠要是能學會寫字，阿博的詩歌就能出版！」

「牛頓！」阿博大叫起來。

「噢，抱歉，當我沒說。」牛頓笑著聳聳肩。

阿博不高興的搖搖頭，向那個擺滿電子設備的房間走去。那裡其實是一間實驗室，阿博的緊身戰衣、噴射器、電子鼻等裝備都是在裡面研發成功的。他要去測試一下噴射器，這臺機器總是在關鍵時刻出問題，這讓阿博很頭疼。

經過一番努力，阿博調整好了噴射器。接下來的兩天，阿博只能等待。在等待消息的時候，電視播出一則報導，在芒果街被劫走的汽車在三角區南部的西瓜路找到了。當然，車被找到的時候，裡面空無一人。

等待消息的時間總覺得很漫長，牛頓和莎士比亞都要阿博放心，牠們的那些朋友都神通廣大，一定能有所收穫。阿博沒有指望第二天或第三天就會有消息，而這兩天確實也沒有任何動靜。第四天是週六，早上，阿博起床得比較晚，他起來後看到牛頓在看書。

「有什麼消息嗎？你那些朋友……」

「有消息會通知你的。」牛頓一副不耐煩的樣子。

阿博聳聳肩，向浴室走去，他拉開浴室的門，一個什麼東西在他眼前一閃。

「嘿！」莎士比亞大喊一聲：「嚇你一跳！」

「並沒有。」阿博說：「昨天和前天你都是躲在浴室，這一點也不好玩。」

「我會藏在一個好地方嚇你一跳的。」莎士比亞說著飛出浴室，「現在我要去看《一群小笨蛋》，小笨蛋們的行動計畫進行了……」

正在這時，樓下傳來一陣急促的狗叫聲，阿博趕緊衝到窗邊，推開窗戶向外望去。只見一隻獵狐犬在外面的街道對著自己大叫。

「不要叫了，快走——」樓下傳來麗麗太太的聲音，她手持拖把站在院子裡，想趕走那隻狗。

「牛頓，是你的朋友——」阿博對牛頓喊道。

「啊！是老麥。」牛頓一驚，牠把書放在一邊，衝到窗邊向下看。

「媽媽，那隻狗是找牛頓的。」阿博對著樓下喊道。

「牛頓還真是交遊廣闊呀！」麗麗太太收起了拖把，抬頭看樓上的阿博，「看看牛頓，朋友都比你多。」

阿博和牛頓跑下樓，把老麥帶上二樓。一上樓，老麥就和牛頓說起話來，牠們是用狗的語言溝通，阿博聽不懂。

「老麥說找到好幾個可疑的傢伙，具體哪個是發了大財的機甲劫匪要你自己推斷。」牛頓翻譯：「你拿筆記一下。」

阿博連忙拿出紙和筆，老麥說一句，牛頓翻譯一句。

「……鴨梨街57號，主人叫阿瓊，這家人非常窮，他家的垃圾桶連吃剩的漢堡都沒有翻出來過，昨天垃圾桶裡居然出現了海鮮大餐，非常可疑……」阿博一邊重複著牛頓的翻譯，一邊認真記錄，「鳳梨街76號，主人叫林恩，他家的狗對流浪狗

宣稱自己這些天的食物大有改善，整根的火腿想吃多少就吃多少……」

「怎麼樣？有價值嗎？」牛頓插了一句話。

「嗯，有些價值。」阿博說，牛頓繼續翻譯，阿博又開始記錄，「葡萄街25號，主人叫阿倫，是個窮小子，前幾天買了一輛跑車，瘦巴巴的手上戴了一枚金戒指，還說要去圓圈島買一間靠海的大房子，他家的狗這幾天外出還穿上狗衣，而且是國際名牌呢！以前牠從來不穿衣服的……嗯，我看這個傢伙最可疑……」

阿博說著，在阿倫的名字旁畫了一個三角形的標記。

「……阿博，你在記嗎？」牛頓問，看到阿博點點頭，他繼續說：「還有……櫻桃街12號的希希也很可疑，她一直失業在家，前天對自己的寵物貓說自己要去外太空旅行，並開始擬定旅行計畫，還說要帶那隻貓一起去，而且第一站就是登陸月球，這可是一筆不小的花費呀……」

「這個嘛……一千萬好像不夠……」阿博猶豫一下。

「她可以貸款呀。」莎士比亞插話道。

「嗯……」阿博想了想，隨後把希希的名字畫掉，「這個就算了，我覺得她的腦子有點問題。」

老麥一共提供了十一個比較可疑的傢伙，這些傢伙遍布三角區的大街小巷，老麥和牠手下的辦事效率顯然很高。

「非常好，有幾個傢伙很值得懷疑。」阿博看著寫好的名單，又看看老麥，說：「老麥，非常感謝你。」

「汪、汪汪、汪汪汪……」老麥能聽懂阿博的話，但是不會說人類語言，牠對著阿博叫了起來。

「老麥說不客氣，沒錢牠也不會白作事。」牛頓在一旁翻譯：「現在牠只想知道什麼時候能收到二十個漢堡……」

「十個辣味和十個原味的。」阿博說話同時站了起來，「我這就打電話叫速食店送來……」

「汪、汪汪、汪汪汪汪……」老麥又叫了起來。

「牠說牠找到第十二個值得懷疑的傢伙。」牛頓翻譯道。

「啊？第十二個？」阿博瞪大眼睛。

老麥對牛頓說了幾句話，牛頓點了點頭。

「就是你，你自己也該把自己寫進名單。」牛頓說：「一個小學生，一次就訂二十個漢堡，你也像是個暴發戶。」

「哈哈哈哈……」莎士比亞聽到這些話，大笑起來。

「嗯……」阿博苦笑著聳聳肩，說：「這是我修整草坪的錢，辛苦賺來的！」

「算了吧，一點也不辛苦。」莎士比亞說：「你的除草機是智慧型的……」

莎士比亞說的沒錯，阿博改裝了自家的除草機，除草機同時伸出八個底盤，機器一啟動後一起工作，效率是普通機器的十幾倍。阿博無論住在哪裡，都包攬著住家附近好幾個街區的除草任務，賺了不少零用錢。

二十個漢堡很快送來，興奮的老麥跑出去叫來十個夥伴，把這些漢堡運出去。麗麗太太被這一大群狗驚呆了，不過還好這些狗很快就走了。下午的時候，阿博外出買了十袋咖哩口味的洋芋片，接著幾十隻麻雀飛進阿博在二樓的房間，銜著洋芋

片飛走了。麻雀的大姐頭土匪也已經給阿博帶來消息，阿博當然要給予回報。

麻雀們飛走後，阿博手裡拿著兩份名單，他有些振奮。

「土匪……噢，三角區麻雀老大的這份名單人數較少，不過有個傢伙最可疑。」阿博晃著那張紙說：「牠的手下在樹上看到番茄街29號有個大胖子在家裡的床上擺弄珠寶，好像整張床上全是珠寶，我覺得這傢伙就是機甲劫匪。」

「我也覺得，搞不好珠寶全是搶來的。」莎士比亞一邊吃洋芋片，一邊看電視，「打電話叫警察抓他。」

「警察怎麼可以？」阿博搖搖頭，「這傢伙是機甲劫匪，穿上鎧甲誰都對付不了。」

「你的意思是……」牛頓瞪大眼睛看著阿博。

「我們親自出馬。」阿博滿不在乎的說：「牛頓，到了那裡你先聞一下有沒有鎧甲的味道，莎士比亞，你從窗戶看看他家裡的情況。」

「最好等一會兒。」莎士比亞隨口說：「《一群小笨蛋》第兩百集還沒播完呢！」

「這個時候還看電視？」阿博生氣的大喊，把電視關上，「說不定明天他又開始作案了，我們要盡快抓住他，再說電視會重播的。」

「唉！我的『小笨蛋』……」莎士比亞很不高興，不過沒有辦法。

「我說過多少遍，你總是看這麼幼稚的節目！邊看還邊傻笑。」牛頓在一旁說：「我那本《宇宙探索》不好看嗎？」

「那是你的愛好，你不覺得看書太枯燥嗎？書上的人能動嗎？」莎士比亞和牛頓針鋒相對。

「你這不學無術的傢伙……」

「好了，別吵了，你們等一下，我去拿裝備。」阿博說完跑進實驗室。

「快點，我的大英雄。」牛頓看著阿博的背影說。

「我覺得他是個『大笨蛋』！」莎士比亞不滿意的說。

阿博背上背包，把緊身戰衣放進一個手提袋裡。如果確定番茄街那傢伙真的是機甲劫匪，那麼戰鬥的時候一定要穿上戰衣，這樣才能確保安全。

阿博帶著牛頓和莎士比亞攔了一輛計程車，讓司機開車去三角區，他愈想愈覺得那傢伙一定就是機甲劫匪。

計程車開上三角大橋，很快就來到三角區中心的番茄街。阿博他們在距離可疑人家一百公尺外的地方下了車，然後躲在一個籃球場裡，這裡沒人打球，只有他們三個。阿博發現這裡的房子都是一幢幢獨立的兩層樓房，樓房不大，從外面看還算整潔。

「希望他就是機甲劫匪。」阿博從籃球場向29號望去，那裡靜悄悄的，這條路上行人和車輛也不多。

「現在就展開攻擊嗎？祝你好運。」莎士比亞在一旁說。

「莎士比亞，你也太魯莽了！」阿博瞪了莎士比亞一眼。

「不是，我是說你抓住機甲劫匪，我就能回去看《一群小笨蛋》了，我喜歡看《一群小笨蛋》，今天連播三集呢！」

「你就只知道《一群小笨蛋》。」阿博說著把電子鼻給牛頓戴上，「牛頓，你帶著這個去聞一聞，上次我讓你聞的機甲劫匪鎧甲的味道還記得吧？」

「記得。」

「那你去吧，注意，你要自然一點。」

牛頓搖搖尾巴，低著頭，像是一條無所事事的流浪狗，悄悄來到29號的門前，牠在門前停下，不露聲色的看看大門，然後繞著房子轉了一圈，跑了回來。

「怎麼樣？」阿博看牛頓回來，連忙問道。

「沒有鎧甲的味道。」牛頓很失望，「一點都沒有。」

「啊？」阿博一愣，「也許……也許他的鎧甲不在這裡。鎧甲不在，但是劫匪在……有什麼其他動靜嗎？」

「有一點聲音，像是電視的聲音。」

「好，代表他在家。」阿博看看莎士比亞，「莎士比亞，該你出場了，你去他的窗戶偵察一下這傢伙在做什麼。」

莎士比亞答應一聲，飛了過去。牠飛到那棟房子旁的一棵樹上，在一根樹枝上站住，向屋子裡張望。隨後莎士比亞直接飛到了那戶人家二樓的窗臺上，往室內察看。忽然，莎士比亞似乎很開心的在窗臺上搖晃身子。

足足五分鐘，莎士比亞一直站在窗臺那裡。遠處籃球場裡的阿博和牛頓都快急死了，阿博向牛頓使個眼色，牛頓跑了出去。

牛頓來到那戶人家二樓窗下，對著莎士比亞叫了幾聲，莎士比亞聽到叫聲，終於想起自己的任務，連忙飛向籃球場。

「請問一下，」阿博苦笑，看著莎士比亞，「你剛剛在做什麼呢？」

「看電視呀，《一群小笨蛋》第二百零一集開始啦。」莎士比亞興奮的說：「現在是廣告時間……」

「噢，廣告要結束了，你再去看吧。」牛頓沒好氣的說。

「好的……」莎士比亞說完就飛起。

「莎士比亞！」阿博跳起來抓住莎士比亞，「牛頓在反諷呢！」

「是嗎？」莎士比亞眨眨眼睛，「為什麼我看電視牛頓要生氣？」

「因為你自己看卻不叫我！」牛頓更生氣了。

「牛頓！」阿博大聲說：「現在不是生氣的時候。」

牛頓聳聳肩，莎士比亞則心不在焉，牠還想飛去看電視。

「莎士比亞，我們是來抓機甲劫匪，不是來看電視的。」

阿博對莎士比亞說：「你現在去看一看那房子裡的情況，有幾個人，有什麼異常之處……」

莎士比亞點頭，再次向那戶人家飛去。牠又飛到窗臺上，伸著脖子往裡面看了一會兒，又快速的飛回來。

「阿博，我看到了！我看到機甲劫匪了！」莎士比亞一飛回來就說：「我看見一個胖子在家裡擺弄珠寶，一桌子都是珠寶！他還唱歌呢，唱『發大財』什麼的。」

「嗯，很好。」阿博再次確認，「你都看清楚了？裡面有幾個人？」

「當然，這次我沒看電視。屋裡就他一個，在擺弄珠寶，桌子上全是珠寶呀！」

「我們的運氣真好。」阿博說著打開背包，拿出戰衣，「確切的說我的選擇很正確，一下子就判斷出這個傢伙是機甲劫匪了……」

牛頓和莎士比亞知道阿博要行動了，立即變得嚴肅起來。阿博很快穿上戰衣，隨後又背上動力背包。

「你們鑽到背包側袋裡去。」阿博指指後背，「我們從二樓破窗而入，趁他沒有穿上鎧甲抓住他。」

阿博說著蹲了下來，他的背包兩側分別有一大一小兩個側袋，那是飛行時牛頓和莎士比亞待的地方。牠們熟練的鑽進背包的側袋。

「準備好了嗎？」阿博問道：「等一下要記得啟動你們的成像器。」

「好的。」牛頓和莎士比亞齊聲說。阿博帶著牛頓和莎士比亞一起出戰時，牛頓和莎士比亞鑽出背包後要啟動各自身上安裝的電子成像系統。外觀看上去，牛頓變成一隻和真實外貌差很多的大狼狗，莎士比亞則變成一隻老鷹，不但可以從氣勢上震撼對手，還可以防止有人透過寵物發現業餘超人的真實身分。

「好，那開始吧！」阿博戴上頭盔，按下啟動按鈕。

「嗖——」的一聲，阿博飛向那戶人家二樓的窗戶，一百公尺的距離轉瞬間就到了，他用頭盔正面撞擊窗戶，「哐噹——」一聲，窗戶被撞開。阿博飛到屋裡，穩穩的落地。當他一落地，牛頓和莎士比亞就從側袋裡跳出來，他們一起圍住屋子裡的胖子。從電子背包裡跳出來的牛頓和莎士比亞按下各自身上的電子成像放大器，改變了外形。

房間裡，一個很胖的年輕人正坐在桌子前，桌上確實有很多珠寶，還有一份沒有吃過的速食。他聽到聲響嚇了一跳，轉身一看，只見身後站著一個人，他驚叫起來。

「打劫啦——救命呀——」

「閉嘴！你所說的將會作為呈堂證供！」阿博舉起手臂，手臂上的電磁炮對準了那個胖子，「把手舉起來！」

「業餘……超人？」胖子看清了來人，似乎不再驚慌，他忽然激動起來，「啊，真的是業餘超人，你怎麼進來了？我終於見到你了，下次來敲門就可以了，我會開門的……」

「少廢話，機甲劫匪，這次你跑不了了！」

「機甲劫匪？」胖子疑惑的望著阿博，他眨眨眼睛，「我叫阿力，我不是機甲劫匪，我怎麼可能是機甲劫匪呢？」

「怎麼不可能？」阿博指了指桌上的珠寶，那些珠寶紅的綠的都有，鑽戒項鏈齊全，「人贓俱獲！」

「你是說……」叫阿力的胖子似乎明白了什麼，他指著桌上的鑽戒，哈哈大笑，說：「人造的，全都是人造的，這些是我從外國進的貨，不是真的，你是業餘超人，這些都是業餘鑽石……」

「人造的？」阿博心裡一驚，「業餘……鑽石？」

「當然了。」阿力說著拿起一顆大鑽石，那鑽石散發著耀眼的藍光，「克利斯蒂拍賣行前不久拍賣過一顆比這顆還小一些的藍鑽，成交價三千萬元。機甲劫匪的報導我也看了，他總共才打劫了一千萬元的珠寶，這些若是真鑽石，單單我手上這顆就能值三千萬！」

「啊？」阿博目瞪口呆，他接過那顆鑽石，仔細看了看，從手感就足以判斷了，人造鑽石很輕。

「我還有進貨單呢。」阿力說著打開抽屜，拿出幾張貨單遞給阿博，「全部貨物加起來價值五千元。」

「五千元？」阿博差點暈倒。

「對。」阿力說：「噢，忘了說明，我是做這個生意的，人造的珠寶也有人買呀，我正在給這批貨分類呢。」

「那你唱什麼『發大財』？」阿博沒好氣的說。

「五千元進貨，五萬元批發給那些店鋪，也算是發財呀，這只是一次的利潤，多進幾次貨不就發大財了嗎？」阿力眉飛

色舞，「這可是我的商業機密，千萬不能透露出去。」

「明白了。」阿博坐到床上，「是個烏龍，真對不起。」

「業餘超人先生，我很佩服你。」阿力走了過來，「我能不能看一看你的樣子？大家都說你是個標準的醜八怪，所以要戴頭盔。」

「我這是低調，低調你知道嗎？」阿博擺擺手。

「那麼低調做什麼？出名有多好……這樣吧，下次你再出動打個電話給我，我當你的助手。我很想當英雄，從小就想，推銷這些人造珠寶成不了英雄的！」阿力激動的比畫著。

「好了，打攪了。」阿博指了指壞掉的窗戶，「我會寄維修費到這個住址，收款人寫阿力可以嗎？」

「不用，不用。」阿力笑著說：「如果你覺得過意不去，我可以在你的頭盔上鑲一顆鑽石，再把我的電話號碼貼在你的頭盔上，註明需要這種鑽石可以打頭盔上的電話……」

「牛頓，莎士比亞，我們走了。」阿博沒理他，轉身招呼兩個小助手。

當牛頓和莎士比亞得知這是一次烏龍行動後，就一起坐在沙發上，牛頓從桌上拿了一個漢堡吃了起來，莎士比亞則看起電視來，邊看邊笑。

「你們不再聊一會了？」牛頓悠然自得，牠看看阿力，「老兄，我喜歡辣味的漢堡，不過這原味的也還可以……」

「辣味和原味的我都喜歡。」阿力說：「嘿，知道嗎？圓圈島開了一間速食店，那裡的辣味漢堡味道超棒，電視上介紹過……」

「是第三大街那家嗎？」牛頓高興的舔一舔嘴吧，「我已經試吃過了……」

「喂喂喂！」阿博打斷談話，「牛頓，莎士比亞，鑽到背包裡去，今天不是來這裡開派對的……」

「我知道，是來搞烏龍的。」莎士比亞依依不捨的鑽進背包側袋，眼睛還盯著電視，「今天的《一群小笨蛋》真好看，我喜歡看《一群小笨蛋》。」

「你喜歡看《一群小笨蛋》？」阿力又興奮起來，「我也喜歡看，我還有主角的簽名照呢……」

「嗖──」的一聲，牛頓也鑽進背包側袋後，阿博立即起飛，他從窗戶飛出去，很快就不見蹤影。

「嘿，再來玩呀──」阿力看到業餘超人飛走了，急忙追到窗邊，對著天空大喊。

阿博飛到一座大樓上方，在空無一人的頂樓降落。牛頓和莎士比亞鑽出背包側袋。

「我的信心受到一些打擊。」阿博坐在樓頂，拿出那兩張名單，「最有希望的搞了個大烏龍。」

「第二號是誰？」牛頓問。

「葡萄街25號的阿倫。」阿博說著站起來，從樓頂向葡萄街望去，「這傢伙突然買了跑車，還要去海邊買豪宅，他家的狗也穿起了名牌的衣服……」

「那就去一次吧。」牛頓望著天空，「現在是黃昏，去了這家明天再去另外幾家……」

「這麼說……牛頓，你認為他是機甲劫匪的希望不大？」

「看看再說吧！反正你是業餘超人，偵探水準也是業餘的，又不是第一次搞烏龍了。」

「這倒是。」阿博點點頭，「不過我不希望再把人家的窗戶撞破了，我要改變策略……」

「挖地道嗎？」莎士比亞好奇的問。

阿博無奈的聳聳肩，他看看牛頓，突然笑出聲來。

「幹麼？」牛頓覺得不妙，「你又有什麼主意了？」

「牛頓，這個阿倫家不是有隻狗嗎？你去和狗聊一聊。」阿博笑嘻嘻的說：「看看牠的主人是怎樣發財的。」

「這個……」牛頓想了想，「這個主意……還不算太業餘，那我就去問一問吧，免得你又搞烏龍。」

阿博讓牛頓和莎士比亞鑽進背包，他飛到葡萄街25號不遠的一棟五層公寓的頂樓上降落。他觀察了一下，葡萄街25號是一棟臨街大樓的門牌。阿博先給牛頓裝上電子鼻，接著抱起牛頓飛到地面。把牛頓放到地面後，他飛回樓頂，和莎士比亞一起靜觀地面的情況。

牛頓慢吞吞的走到25號門口，牠聞了聞房門裡的味道，然後抬起身子，對著阿博所在的頂樓擺擺手，示意沒有聞到機甲劫匪的味道。

樓頂上，阿博看到牛頓做出的手勢，有些灰心。他指了指那扇門，示意牛頓繼續打探。

「阿倫家的狗，出來——」牛頓晃著腦袋大叫，牠沒有聞到機甲劫匪的味道，但是聞到房門裡有個同類，「快出來，我來看你了——」

房門下方貓狗進出的簾子一動，有隻大麥町狗鑽了出來，牠確實穿著狗衣，而且還是國際名牌的。

「誰在叫我？」大麥町說著看看牛頓，「你是誰？我不認識你，你在這附近流浪嗎？以前沒見過你呀？你的鼻子怎麼是圓的？」

「我……我是你表哥，我叫牛頓。」

「表哥？」大麥町冷笑著說：「別開玩笑了，我們不是同一個品種的，我也沒有圓圓的鼻子。也難怪，自從我家主人發了財，來這裡和我認親的傢伙就特別多，要是大麥町來認親我還真難以判斷，但你這隻諾福克梗犬就算了吧，還不如說小時候抱過我……」

「你的主人發財了嗎？」牛頓趁機問，牠沒想到大麥町倒是很爽快，不用多問就說主人發財了。

「當然啊，要不是他發財，我怎麼穿上名牌衣服？」大麥町得意的指了指身上的衣服，「老實告訴你，你是我今天接待的第八隻狗了，都是來和我認親的，有六隻是附近的流浪狗，以前見了我理都不理。你不也是聽說我主人發財才來嗎？你從哪裡來的？」

「我嗎？方塊區……」

「啊？這消息都傳到方塊區去了？」大麥町吃驚的說：「唉！真是世態炎涼呀，我知道，你們不就是看我主人有錢，生活變好，想來跟我討些吃的嗎？我家主人也一樣，他都躲到外面去了，光是昨天就來了一百多人和他攀關係……告訴你吧，你來晚了，早上倒是有些食物，不過很快就發完了……」

「我不是來要吃的。」牛頓說：「當然，如果有更好。我想知道你家主人，就是那個阿倫是怎麼發財的？」

「這倒是奇怪，只有你關心他是怎麼發財的。」大麥町顯得很驚訝，「告訴你也沒有用，他是買彩券中獎了，怎樣？你也想去買彩券？人類是不會把彩券賣給一隻狗的，再說你以為買到彩券就能中獎嗎？」

「他是買彩券中獎的？」

「對呀，中了兩千萬元，扣稅後拿到一千二百萬。報紙上也登了，還有我家主人拿著支票的照片呢！」

「明白了，再見。」牛頓說完轉身就走。

「嘿，你這奇怪的傢伙，怎麼說走就走呀？」大麥町疑惑的望著牛頓的背影，搖搖頭便鑽回門裡。

牛頓跑到那棟樓下，往上招招手，阿博飛下來把牠抱住，飛上樓頂。

「打探好了，人家是買彩券中獎得到的錢。」牛頓一著地就報告：「網路上可以查到，你回去查查看。」

「買彩券？」阿博頓時感到洩氣，「完了，這個阿倫本來是很可疑的。」

「我們回去吧，明天再繼續找另外幾家。」莎士比亞插話道。

「不可靠，你們這些資訊都不可靠。」阿博忽然很不滿的說：「這兩個最有希望的都不是，剩下的……啊，那個說登月的根本就是腦子有問題……」

「不然你能怎麼辦？」牛頓沒好氣的說：「是你要我們去找消息的。」

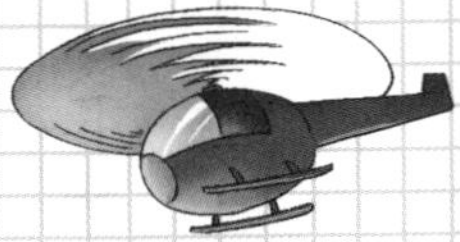

鎖定目標

「先回家。」阿博示意牛頓和莎士比亞鑽進背包，「我再想一想有什麼好辦法。」

牛頓和莎士比亞鑽進背包後，阿博從頂樓起飛，他很快就飛回家裡。今天的搜索一無所獲，那兩張名單看來都沒什麼價值，阿博已經開始想新辦法了。

吃過晚飯，阿博將自己關在實驗室忙碌起來。莎士比亞先是看電視，後來拉著看書的牛頓玩了一會兒賽車遊戲，玩累了就趴在沙發上睡著了。

第二天一早，牛頓和莎士比亞還在呼呼大睡，阿博的叫喊聲吵醒牠們，阿博昨天好像忙到很晚才睡。

「牛頓、莎士比亞，有了這個東西，我們今天一定能找到機甲劫匪……」

「我開始冬眠了。」牛頓趴在地毯上，懶得睜開眼睛，「昨天跟你跑了半天，累死我了。」

「主人，早上把別人叫醒是很不禮貌的行為，麗麗太太沒教過你嗎？」莎士比亞倒在沙發一角，懶洋洋的說。

「我宣布，取消今天的早餐！」阿博忽然大喊一聲。

「為什麼？」牛頓馬上站了起來，一副很生氣的樣子。

「你破產了嗎？」莎士比亞也不睡了，牠飛到沙發上揮舞著翅膀，「要是這樣，我真不知道誰能收留我這隻聰明無比的鸚鵡……」

「我宣布，剛才是嚇唬你們的。」阿博得意的笑了，他舉起手上的一個小盒子，「既然你們都醒了，我來隆重介紹我的新發明——能量探測器！」

「能量探測器？」牛頓和莎士比亞一起問道：「那是什麼東西？」

「機甲劫匪穿著一身能防彈又能移動的鎧甲，鎧甲手臂上還配備機關炮，這樣一身鎧甲運轉起來需要大量的能量。」阿博開始說明，「根據我的推算，提供能量的裝置一定在鎧甲的某個部位，這是次要的，關鍵是這種能量會產生強烈的能量輻射，而我的能量探測器能偵測出這種異常強大的能量位置，所以說只要偵測出能量源在那裡，也就找到機甲劫匪了，我昨天想了老半天才想到這個辦法的。」

「我明白了。」牛頓說：「那麼具體怎麼進行呢？」

「探測器只要距離能量源五百公尺就能偵測到，我在三角區上空飛幾圈，只要那傢伙在這個區域，我就能找到他。」

「聽起來不錯。」牛頓又倒了下去，「我再睡一會……」

「給我起來。」阿博連忙拉起牛頓，「你們要幫我把他找出來。」

「又叫我，我說過了，我不是超狗，不過莎士比亞也許是超鳥……」

嘴上這麼說，牛頓和莎士比亞還是很快吃完早餐，乖乖鑽進動力背包的側袋。阿博經過一晚的研究，還得出一個結論，他判定機甲劫匪住在三角區南部的機率最大，因為那傢伙第一次搶銀行時劫車地點在三角區西南的桔子街，而他在芒果街搶了車後，把車丟棄在的西瓜路，是在三角區東南部，兩地相距十公里。阿博推斷機甲劫匪搶銀行前，先在藏身處附近搶車，開車到藏身處裝上拆解的鎧甲後，再開到銀行旁組裝，並鑽進鎧甲後打劫。第二次作案後，他在三角區上岸就近搶了車，先將鎧甲送到藏身處後把車開走丟棄。如果真是這樣，機甲劫匪的藏身地應該在西瓜路和桔子街之間的某個地方。

信心滿滿的阿博再次起飛，很快就飛到三角區上空。

「橢圓市三角區，我們又來了——」牛頓在背包側袋裡探出頭喊道，牠戴著風鏡，風把牠的毛吹得飛了起來，「三角區一日遊開始了——」

「我還是喜歡在家裡看《一群小笨蛋》，我喜歡看《一群小笨蛋》。」莎士比亞也戴著一副風鏡，牠的羽毛也被風吹了起來。

地面上，有人發現了空中的阿博，聚在一起指指點點。大家都喜歡業餘超人，儘管他們不知道業餘超人的名字，業餘超人打擊犯罪的能力也讓人非常不放心，但業餘超人的正義感和熱心一直讓橢圓市民很感動。

阿博很快就飛到三角區南部，他把飛行高度降低到三百公尺，接著從西向東飛行，能量探測器安放在他的胸口，探測信號掃射著地面。阿博準備飛到東面後向南平移幾百公尺後再向西飛行，這樣反復飛行，用不了幾次就能把三角區南部全部探測一遍。

「牛頓——莎士比亞——」阿博邊飛邊喊：「空中旅行不錯吧——」

「還可以——不過要是有個空中小姐就更好了——」牛頓

回答道。

「我還是喜歡看《一群小笨蛋》——我喜歡看《一群小笨蛋》——」莎士比亞不滿的喊道。

「滴——」的一聲，噴射器空中停車的警報聲響起，最先反應過來的牛頓大喊，阿博急忙一拉傘繩。剛剛展開搜索，噴射器就故障了。

降落傘打開後他們緩緩的降落，下面是一個不大的街區，房子都是獨立的樓房。

「注意，我要著陸了——」阿博小心的掌控著降落傘，努力不掉到人家的屋頂上。

「嘩啦——」降落傘擦過一棵大樹的樹冠落到地面上，牛頓和莎士比亞從背包側袋裡鑽出來。

「真是不好意思。」阿博收起降落傘，他帶著牛頓和莎士比亞來到一棵大樹後，「又故障了……」

「沒關係，習慣了，否則你就不是業餘超人。」莎士比亞說，牠看看四周，這裡是一個安靜的街區。「這是哪裡呀？」

「藍莓路。」阿博指著路牌，他忽然發現牛頓一臉嚴肅，「牛頓，不要不高興了，我馬上修好噴射器。」

「我沒有不高興，我很高興。」牛頓小聲的說，牠指著不遠處一幢二層樓房，「我聞到機甲劫匪的味道了，就在那幢房子裡。」

「什麼？」阿博差點跳起來，「機甲劫匪……」

「噓——」牛頓做了一個手勢，「不用電子鼻也能聞到，就是那個房間傳來的，和你那天給我聞的味道一樣，我想我們找到他了。」

「怎麼會這麼巧？」阿博壓低了聲音，他從胸前摘下能量探測器，「我用探測器測一下就能確定了……啊？探測器卡住了？怎麼會這樣？」

阿博連忙打開探測器的盒蓋，檢查起來，他發現裡面的一個保險絲燒斷了，於是找出一個備用保險絲換上去，剛剛裝上新的保險絲，「啪」的一聲，又燒斷了。

「啊？」阿博坐到了地上，「怎麼這樣？沒什麼問題呀，怎麼會燒壞？」

「問題在於你是一個業餘的。」莎士比亞在一旁說：「業餘超人，業餘偵探……」

「等等，我想我明白為什麼了。」牛頓擺擺手說：「這和附近有強大的能量源有關。」

「我也明白了。」阿博看看牛頓，他打開背包，檢查了一下噴射器，「嗯，這根本不是什麼巧合，保險絲燒斷是因為探測器探測到異常強大的能量源，能量源的輻射功率太大，燒壞了保險絲，同時這種輻射干擾到了噴射器的電路，所以噴射器空中停車了！」

「不用測了，就是那裡。」牛頓指著不遠處那幢房子，「房子裡有個強大的能量源，也就是驅動機甲劫匪鎧甲的能量，所以你裝上新的保險絲也會立即燒斷。」

「就是這樣！」阿博用力點點頭。

「你們說什麼呢？」莎士比亞問：「你們是說機甲劫匪專門用能量源摧毀我們的儀器嗎？我要他賠錢，這些玩意兒可不便宜……」

「莎士比亞，現在看你的了。」阿博打斷莎士比亞的話，他指了指不遠處的房子，「去那家看看裡面有幾個人，都是什麼人，記住，不要看電視！」

莎士比亞點點頭，飛了出去，牠先飛到二樓臨街的窗臺上方，伸頭縮腦的往裡看，隨後轉到背對街道的一面，向裡面看了看。看完二樓，牠又飛到一樓，沿著一樓的窗戶向裡面不斷張望。

偵查完畢，莎士比亞飛了回來。阿博和牛頓躲在大樹後，唯恐被那房子裡的人看見。

「裡面有個褐髮男人，只有他一個。」莎士比亞說：「就在背街的房間裡，他不胖不瘦，個子中等，三十歲左右，他在看電視，不過不是《一群小笨蛋》，我比較喜歡看《一群小笨蛋》……」

「好了，莎士比亞，你確定沒有其他人嗎？」阿博馬上打斷他。

「只有他一個。」莎士比亞說：「我沒看見珠寶，也沒看見鎧甲……」

「不需要看見，就是他！」阿博口氣非常堅決，「我們衝進去，牛頓，衝進去後你能馬上找到鎧甲藏在什麼地方嗎？」

「沒問題，現在我就能判斷鎧甲的大概方位，應該就在一樓。」

「好，翻出鎧甲看他還有什麼話說。」阿博揮揮拳頭，「馬上行動，跟我來！」

狡猾的劫匪

阿博的背包放在樹後，背包裡的噴射器被干擾，已經不能使用了。他帶著牛頓和莎士比亞來到那幢房子的門前，按下了門鈴。

門鈴響後，阿博馬上抱起牛頓，讓牛頓把臉貼向門上的貓眼，這樣裡面的機甲劫匪就看不到是業餘超人在按門鈴了。

「誰啊？」不一會兒，裡面傳來一個聲音，「喂，誰家的狗亂按門鈴！」

門打開了，阿博沒等門全部拉開就用力一撞，衝進房間。

「喂——怎麼回事——」開門的人被撞得倒退幾步，大叫一聲。他是一個年輕男子，相貌冷酷，他看向戴著頭盔、穿著緊身衣的阿博，「啊？業餘超人？」

「閉嘴！」阿博舉起手臂，手臂上的電磁炮對準那個男子的腦袋，「啊，機甲劫匪，我抓到你了，機甲劫匪，我抓到你了，啊……」

「別念了！鎧甲就在這裡——」牛頓大叫著撲向一個很大的落地衣櫥，牠聞到鎧甲的味道。

「啊？」那個男子看看牛頓，隨後對阿博笑了笑，「業餘超人先生，我想你搞錯了，不要這樣用槍指著我……」

「那是炮，不是槍！」莎士比亞在一旁糾正道。

「啊，對不起，我說錯了。」那男子說道：「是炮，是炮沒錯。」

阿博看他還算老實，便放下手臂，指著衣櫥的門。

「把衣櫥打開。」

「好的，好的。」那個男子順從的走到衣櫥前，把衣櫥的門打開，只見裡面掛著些衣服，沒有什麼異常。

「裡面一定還有一層，味道在裡面！」牛頓鑽進衣櫥，大叫著。

阿博走了過去，他挪開兩件衣服，向裡面看了看，只見裡面是衣櫥的背板。不過牛頓說裡面還有一層，阿博覺得背板後面一定有問題。

正在這時，那個男子突然用力推阿博一把，阿博冷不防的被推倒在地，那男子從口袋裡掏出一個比手機小的遙控裝置，一按按鈕，只聽「喀嚓」一聲，一副移動的鎧甲衝破背板，這副鎧甲固定在一個架子上，架子底部有移動滑輪。

看見鎧甲衝了出來，那個男子迅速上前想進入鎧甲。牛頓猛撲上去，一口咬住他的大腿，那個男子疼得慘叫一聲，揮拳打向牛頓，但牛頓怎麼也不鬆口，那個男子死命按住牛頓的脖子，牛頓痛苦的張開嘴，牠快要窒息了。

「嘿——」由於牛頓和那個男子糾纏在一起，阿博不敢開炮，他衝過來就是一拳，狠狠的打在那個男子的脖子上，那個男子身子一歪，鬆開牛頓。

阿博又是一拳，和那個男子扭打在一起。牛頓被鬆開了，在一邊大口的喘著氣，牠腦袋發暈，幾乎站不住。

「看我的——」那個男子很有力氣，他用力一推，把阿博推向牆壁。

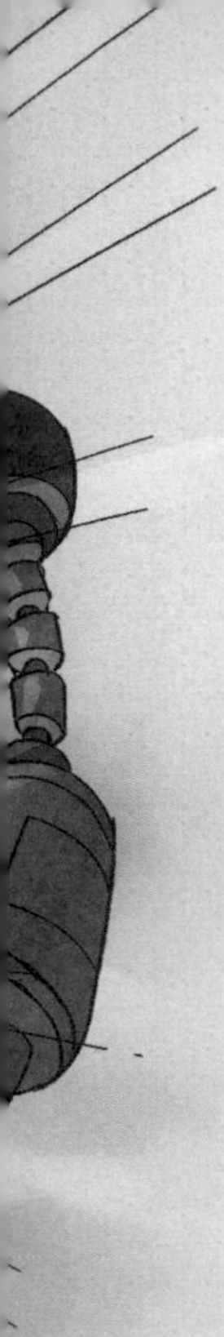

「砰——」的一聲，阿博的頭盔狠狠撞在牆上，撞擊力很大，阿博眼冒金星，只能扶著牆，努力使自己不摔倒。

那男子見機飛快跑向鎧甲，他按下鎧甲上的一個按鈕，鎧甲的正面立即像一個盒蓋一樣打開。那男子正要往裡鑽，鎧甲裡突然飛出一個什麼東西。

「嗨！哈哈哈哈……」飛出來的是揮著翅膀怪叫的莎士比亞。

那男子根本沒想到鎧甲裡會飛東西出來，嚇得跌坐在地。阿博上前踢出一腳，踢在那傢伙腦袋上，他大叫一聲倒下，暈了過去，手裡的遙控器也掉了。別看阿博身體瘦高，沒什麼力

氣，但是他的緊身衣能為他提供很大的動能。

「主人，我表現得還可以吧？」莎士比亞得意的站在阿博肩膀上。

「很好，很好。」阿博很高興，「以後要多嚇嚇壞人，不要只嚇唬我媽媽……」

「這就搞定了？」牛頓此時也恢復很多，「他死了嗎？」

「差不多吧。」阿博看看倒在地上的機甲劫匪，然後彎腰把遙控裝置揀起來放進緊身衣的口袋，「表演結束了。」

說著，阿博走到了鎧甲那裡查看，只見鎧甲裡的空間正好可以站進一個人，關上後就成了機動的鎧甲，不知道倒在地上的傢伙怎麼研製出這樣強大的武器。

「全電子控制的。」阿博試著按下一個按鈕，鎧甲立即閉合起來，他敲了敲鎧甲的外殼，發出清脆的聲音，「這是什麼材質啊？防彈功能太好了。」

「阿博，這傢伙在動。」牛頓指指地上躺著的那個人。果然，那人的腿先是微微動一動，隨後腦袋抬了起來。

「喂，你老實點。」阿博轉身蹲下，「你叫什麼名字？」

「皮卡。」那人小聲的說。

「這副機動鎧甲是你設計的？」

「是的。」

「你用它來打劫？搶到的珠寶呢？」

「在我家裡。」叫皮卡的傢伙緩緩的說：「水，我想喝點水，拜託了，給我些水……」

「等等。」阿博站起來，他看看四周，發現沙發旁的茶几上有個杯子，於是走了過去。

這時，皮卡突然爬起來，他剛才只是倒地時撞暈了，沒什麼大損傷，他對著那副鎧甲大喊。

「機甲開啟——」

話音剛落，那副鎧甲居然馬上開啟，皮卡飛身鑽了進去。

阿博他們頓時呆住了。

「機甲關閉——啟動——」鎧甲閉攏後，皮卡的聲音從裡面傳出。

「啊？這套鎧甲竟然有聲控系統，」茶几旁的阿博恍然大悟，「大家小心！」

「哈哈哈哈——」機甲劫匪狂笑起來，他把機關炮對準了阿博。

定位炮彈

阿博見狀往旁一滾，「轟」的一聲，皮卡射出一枚炮彈，不遠處的茶几頓時被炸飛。

「找掩護！找掩護！」阿博大聲呼喊著牛頓和莎士比亞，抬起電磁炮對準皮卡。

阿博的戰衣有防彈功能，但是牛頓和莎士比亞完全沒有保護，牠們鑽到沙發下，瑟瑟發抖。

「嗖——」的一聲，阿博的電磁炮開火，皮卡根本不需躲避，炮彈打在他身上，只發出清脆的撞擊聲，隨即被彈飛在牆角爆炸，爆炸聲震耳欲聾。

「完啦、完啦……」莎士比亞在沙發下捂著耳朵，「今天算是完啦，我再也看不到《一群小笨蛋》了，我喜歡看《一群小笨蛋》，小笨蛋們真的要動手綁架壞蛋查理了……該死的機甲劫匪，我要是有防彈衣就和你拚了！」

「該死的機甲劫匪，」牛頓也捂著耳朵，「我……我讓阿博和你拚了！」

阿博和機甲劫匪展開對決，他倆都不怕炮彈攻擊，全都希望炮彈產生的衝擊波轟翻對方。沒一會兒，皮卡家已經千瘡百孔。阿博守在一樓房間外，皮卡站在房裡，爆炸聲連續響起，整個街區都在震動。

一發炮彈在阿博身邊爆炸，阿博被衝擊波轟倒在地，他爬起來，用電磁炮對準往自己衝過來的皮卡。

「嗖——」阿博射出一枚炮彈，電磁炮的炮口是對準皮卡的，但是炮彈飛出後彈射向皮卡身邊五、六公尺的地方。

「哈哈哈哈……」看到阿博的炮彈射偏，機甲劫匪嘲笑的說：「業餘就是業餘，還敢來抓我？」

「可惡！」阿博氣壞了，他急中生智，故意把電磁炮對準皮卡身邊五、六公尺的地方，「讓你知道我的厲害——」

炮彈射出，這次炮彈直直的射向機甲劫匪皮卡，「噹——轟——」一聲巨響，炮彈擊中鎧甲的頭部後爆炸，皮卡被炸得摔往一旁。

「哼！」阿博得意的看看電磁炮，「我抓到竅門啦！」

一陣白色的煙霧過後，皮卡搖搖晃晃的站了起來，阿博見狀連忙又舉起電磁炮，故意偏離皮卡五、六公尺後發射。又一

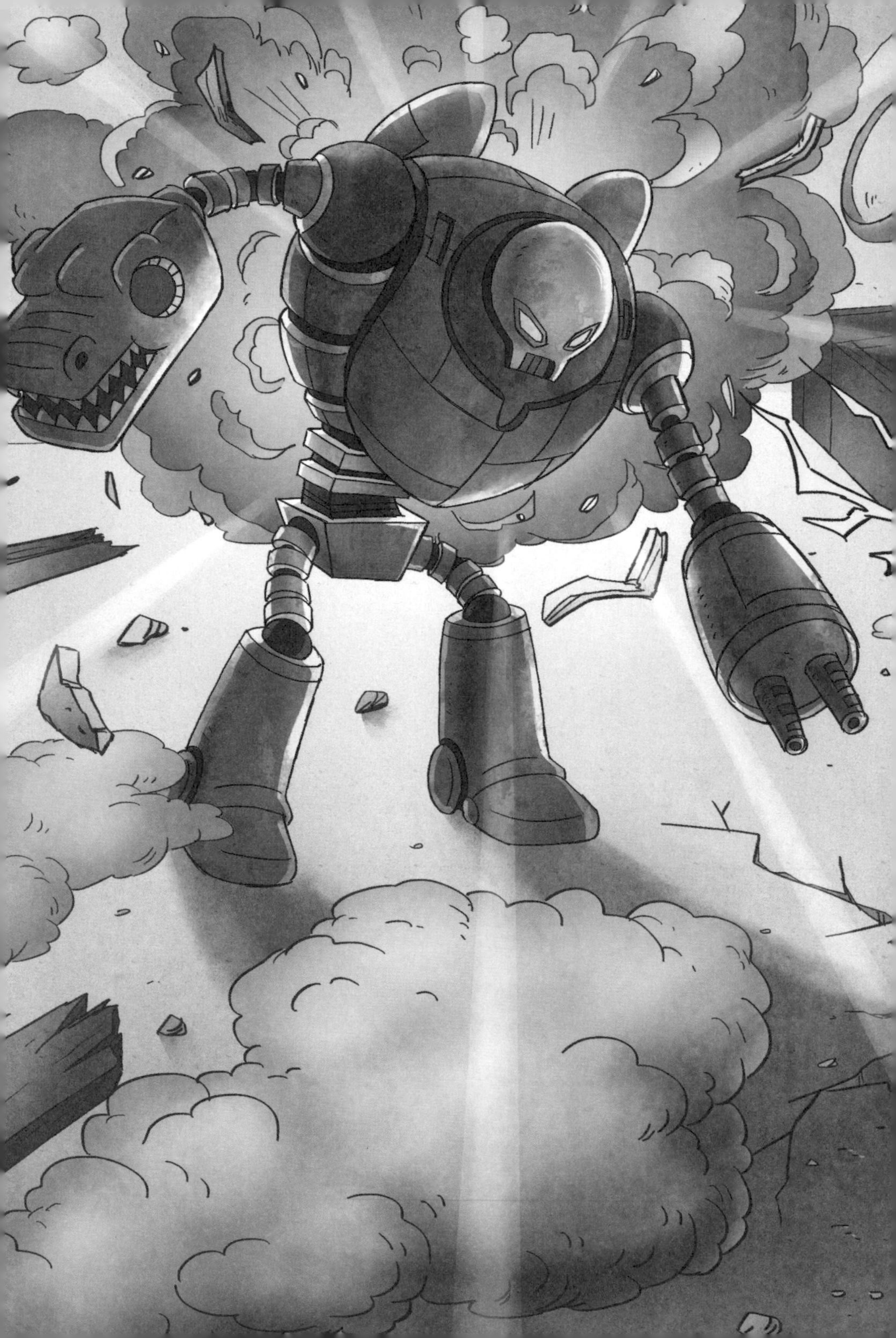

枚電磁炮彈呼嘯著飛出炮口，皮卡緊急低頭，炮彈擦過他的頭頂飛過去。

「讓你看看我的厲害！」皮卡喊叫著，他一抬手，兩枚炮彈射了出去。

阿博迅速彎腰躲避，第一枚炮彈沒擊中他，後面的一枚則打在他的身上爆炸，阿博被推了出去，重重撞在牆上。

「你是業餘的——我才是專業的——」皮卡得意的喊道：「我比你厲害——」

皮卡衝上去，阿博正想起身，皮卡上去就是一腳，把阿博踢倒。阿博痛苦的在地上滾了一圈，掙扎著想爬起來，皮卡又揮動雙拳，阿博慌忙一閃，「砰」一聲，拳頭打在牆上，牆被打出一個破洞。

「多管閒事的業餘超人，讓你知道我的厲害——」皮卡上前又是一陣亂拳，阿博招架不住，連連後退。

「嗖——」的一聲，一枚拳頭大小的圓形炮彈從窗外飛進來，那顆炮彈飛進窗戶後拐了一個彎，飛向皮卡的背後。

「轟——」的一聲，整個房間震動起來，阿博覺得爆炸聲不大，震動的感覺卻非常大，他都有點頭暈了。皮卡被攻擊後突然停在原地，一動也不動。

「哈，還是我厲害，我沒有開火，炮彈就飛出來了！」阿博得意洋洋，他看看皮卡，皮卡像是被凍僵了一樣，「喂，你怎麼不動了？」

「擊中啦——擊中啦——」窗外，有幾個人歡呼起來，接著，一位員警從窗外探頭進來，看了看裡面。

炸爛的房門很快被推開，幾個員警衝進來，為首的正是乎乎警長。他們根本不理睬發愣的阿博，衝上前圍住皮卡，一個員警拿出一臺儀器對著那身鎧甲測試。

「報告警長，能量完全消失。」那個員警興奮的說。

「很好。」乎乎警長也很興奮，他敲了敲鎧甲外殼，「出來吧……有人在家嗎？」

在場的員警都大笑起來，阿博不知道這是怎麼回事，但他忽然想起牛頓和莎士比亞還在沙發下，趕忙走到沙發旁。

「牛頓，莎士比亞，出來吧，沒事了。」

「確定幹掉那傢伙了嗎？」牛頓和莎士比亞在沙發下抱在一起，渾身發抖，「不會有續集吧？」

「沒有了，真正的大結局。」阿博說：「乎乎警長幫了個

小忙，我把機甲劫匪搞定了。」

「莎士比亞，快出去。」牛頓說：「被媒體拍到我們從沙發下鑽出來就不好了。」

「喂，我都聽到了。」乎乎警長大喊：「我們不是幫了個小忙，機甲劫匪是我們搞定的。」

「是你們搞定的？」阿博疑惑的看著警長。

「我們用定位炮彈炸壞了他的能量源，他失去了一切的動力。」

「定位炮彈是什麼東西？」阿博還是一臉疑惑。

「機甲劫匪的鎧甲運作需要能源支援，我們的定位炮彈鎖定了能量源，發射出的炮彈直接攻擊能量源，我們判定他一定把能量裝置隱藏在鎧甲中，而他的鎧甲是打不透的，所以發射的定位炮彈具有強力震動功能，爆炸後利用同頻率震動的原理破壞能量源的電子設備，他就失去一切動力了。」

「啊！」阿博恍然大悟，「原來是這樣，我怎麼就沒有想到呢！」

「因為你是業餘……」乎乎警長抓了抓腦袋，「不過還是要感謝你，你真是一個熱心市民……」

「我還有一個問題。」阿博急著說：「你們是怎麼找到這裡來的？」

「我們的專家詳細分析，知道機甲劫匪運行鎧甲需要強力的能源支援，就想到以追蹤能量來源找他的辦法，還讓我們採用有震動功能的定位炮彈的辦法解決他。」乎乎警長說：「我們根據這傢伙棄車的地點，判斷他可能藏身在三角區南部，剛剛找過來就聽到這裡爆炸聲四起，我們就趕來了，到了房間外果然探測出強力能量源。」

「找到機甲劫匪的辦法是我們主人想出來的，我們也是這樣找來，而且是先到的！」莎士比亞在一旁爭辯：「你們這是侵權，版權所有仿冒必究，虧你們還是員警呢！」

「不是！」乎乎警長差點跳腳，「我們不知道你們也是採用這個辦法找來的……」

「就是！」牛頓在一旁幫忙，「這麼好的辦法只有我們的主人才想得出來，這次全靠我們的主人！」

「好了，好了。」阿博在一旁叫停，「其實是……正義必勝……」

「當然。」乎乎警長點點頭。

「你們可真囉嗦！」莎士比亞抱怨起來，「警官，我們餓了，幫了你們這樣大的忙……」

「餓了嘛，這還不簡單？我馬上叫人去買吃的，你們這兩個大傢伙，看上去就很能吃。」乎乎警長笑著說道，此時他眼裡的牛頓和莎士比亞都很大。他轉頭看看阿博，「我說業餘超人先生，無論如何我們都要感謝你。當然，你的水準要是更加專業一些……不過，你已經是方塊區的榮譽區民了，我們會建議三角區也給你頒發一個榮譽區民獎章。」

「有沒有搞錯？」莎士比亞扭著脖子，「他已經是三角區的榮譽區民了，去年在三角區抓獲潛水怪盜時就得到了……」

「啊？」乎乎抓抓腦袋，「對呀，我忘了，那現在只能給你頒發榮譽區民中的榮譽區民獎了……」

「要是在三角區再抓到一個壞蛋，你們就要頒給他榮譽區民中的榮譽區民中的榮譽區民獎了。」莎士比亞不屑的說：「有什麼用？獎章又不能吃，喂，我們的食物呢？」

乎乎警長馬上招呼一個手下買吃的。這時，兩名警員利用破拆設備打開失去動力的鎧甲，皮卡馬上從裡面倒了出來，他被震暈了，員警連忙架住他。

「乎乎警長。」阿博對警長說：「你們知道這傢伙叫什麼名字嗎？」

「不知道，我們本想探測出能量源後再偵查，趕過來時你們已經打起來了。」

「我剛才問了，他叫皮卡。」

「皮卡？」乎乎警長身邊的一個員警忽然大叫：「他叫皮

卡嗎？」

「是呀。」阿博好奇的看著那個員警。

「太糟糕了！我兒子昨天剛出生，我給他取的名字就叫皮卡！」那個員警懊惱的說：「怎麼機甲劫匪也叫這個名字呢？啊，業餘超人先生，還是叫你的名字好呀，請問你叫……」

「噢，我可是一個低調的超人。」阿博笑著搖搖頭。

「這麼說還是不肯告訴我們你的名字了？」那個員警說：

「真是太遺憾了。」

「叫什麼名字其實無所謂。」阿博拍拍那個員警，「你知道著名詩人皮卡嗎？他也叫皮卡呀。」

「我看你兒子就叫皮瓦吧。」莎士比亞大聲說：「《一群小笨蛋》的笨蛋之一，我喜歡看《一群小笨蛋》。」

「皮瓦？這個名字好像還可以。」那個員警想了想，「不過，讓一隻大鳥給我的兒子取名，我恐怕不太能接受……」

「嘿！」莎士比亞大喊道：「給一個人類的兒子取名我才不能接受呢！」

「哈——」的一聲，所有的人都笑了起來。

晚上，橢圓市所有的電視臺都播出了機甲劫匪被擒拿的報導，報導全都指出，業餘超人和他的兩隻寵物在此次行動中起了關鍵作用。

看完新聞，阿達坐在自己的書桌前，他抬頭向窗外望去，不遠處就是阿博的房間，阿達開始寫筆記。

「今天是周日，新聞說機甲劫匪被抓住了，業餘超人和他的兩隻寵物——一隻狼狗和一隻老鷹也起了關鍵作用，而經過我的觀察，機甲劫匪被抓的時間，阿博和他的狗及鸚鵡都不在家，這絕對不是巧合。但是電視上的那隻大狗和老鷹確實不是牛頓和莎士比亞，這一直令我很疑惑。不過沒關係，我會找到證據的，我就要發財了……」

動小說
業餘超人：大戰機甲劫匪

作　　者：關景峰
繪　　圖：曾瑞蘭
總 編 輯：鄭如瑤
文字編輯：許喻理
美術編輯：張雅玫
封面設計：徐睿紳
印務主任：黃禮賢

社　　長：郭重興
發行人兼出版總監：曾大福
出版與發行：小熊出版．遠足文化事業股份有限公司
地　　址：231 新北市新店區民權路 108-2 號 9 樓
電　　話：02-22181417
傳　　真：02-86671851
劃撥帳號：19504465
戶　　名：遠足文化事業股份有限公司
客服專線：0800-221029
E-mail：littlebear@bookrep.com.tw
Facebook：小熊出版
讀書共和國出版集團網路書店：http://www.bookrep.com.tw

法律顧問：華洋國際專利商標事務所／蘇文生律師
印　　製：漾格科技股份有限公司
初版一刷：2016 年 10 月
定　　價：250 元
ISBN：978-986-93541-7-2

國家圖書館出版品預行編目（CIP）資料

業餘超人：大戰機甲劫匪／關景峰作；
曾瑞蘭繪. -- 初版. -- 新北市：小熊出版：
遠足文化發行，2016.10　　面；　公分.

ISBN 978-986-93541-7-2　（平裝）

859.6　　105017030

小熊出版讀者回函